FOLIO POLICIER

Jean-Bernard Pouy

À sec !

Gallimard

Cet ouvrage a été précédemment publié aux Éditions Baleine dans la collection « canaille / revolver ».

Prix Polar 1989, Trophée 813 du meilleur roman 1992, prix Paul-Féval 1996, Jean-Bernard Pouy est un auteur inclassable, inventeur de génie de constructions romanesques rigoureuses, à la fois tendres et féroces, passionnantes et drôles.

à Joël Moulin

Le foot ne sera jamais populaire, parce qu'il va mourir.

ARTHUR KEELT
Le Merle

SYNTAGME – SYNECDOQUE
1 À 0

Il faut être absolument moderne.
Arthur Rimbaud

... le foot, c'est de la merde...
Arthur Keelt

Bombay.

Colaba Causeway.

Juste à côté du Léopold Café & Stores.

Le soir tombe, plus loin, sur le port, le long du Gateway of India, à peine un kilomètre et un demi-million d'hommes.

Le pikeupe Toyota loupe une vache sacrée de peu, freine à mort, bloque ses roues. Un nuage de poussière jaunâtre s'élève, vertical, dense, comme la fumée d'un feu mortuaire. La bagnole semble se consumer sur place, ne manquent plus que les pleureuses en sari.

Mais ce n'est que la poudre ocre émanant du véhicule même, accumulée sous les garde-boue, les ailes, les carters, car le quartier, envahi par des post-occidentaux en goguette, ressemble plutôt à la fausse idée de l'Inde rosbifo-colonisée des années trente.

Deux êtres hirsutes sortent de la caisse en toussant. L'un, la main posée sur le capot brûlant, se met à monter une drôle de garde, chassant de la main les regards de la petite foule qui arpente le boulevard. Si on fait le tri dans les apparences, on peut dire que c'est une femme, une petite femme. Fatiguée, sablonneuse, les cheveux courts, les oreilles percées, la joue tatouée. Sur ses épaules pèsent le nombre des kilomètres parcourus et le désespoir de ce qu'est devenu le Monde. L'autre, un grand type aux cheveux presque blancs, habillé d'une combinaison de pompiste qui a perdu l'habitude d'être rouge, regarde la grosse horloge du restaurant, évoque ainsi un lointain film d'Ingmar Bergman, glisse dessous en marchant comme un automate et pénètre dans un îlot de maisons de bois s'empilant au carrefour avec Rajkavi Bhushan Marg.

Sur son visage passent plusieurs expressions compliquées, l'épuisement bien sûr, cet homme semble débouler de bien loin, une joie indicible ressemblant à de l'espoir, il a tout l'air d'arriver au bout de ses peines, et, laste beute notte liste, quelque chose hésitant entre la déférence et l'impatience. Il monte quatre marches branlantes coincées entre des bougainvillées un peu sèches, soulève des draps imprimés qui sèchent au soleil poussiéreux et pousse un portillon de bois blanc sur lequel ont dû buter, dans des strates de temps prégandhiennes, quelques ganaches anglo-saxonnes à teint rouge et casque colonial.

Il frappe à une porte en marqueterie de bambou. Il essuie son front. Sa main tremble. Parkinson le glas. Il entre dans une pièce claire, murs peints en beige clair, nattes roses sur le plancher de bois. Bien sûr, au plafond, comme une araignée effrénée, un ventilateur aussi silencieux que ses roulements à billes huilés le permettent. Une table avec un lecteur de cassettes de marque japonaise. Du punk en sourdine, genre Pennywise ou un truc comme ça.

Et un homme assis en tailleur sur un tapis un peu plus épais, un homme grand, encore mince, la cinquantaine. Des cheveux noirs, longs et assez drus. Un être patient, qui regarde l'intrus s'agenouiller devant lui.

— Julius... Enfin...

L'homme assis le détaille. Dans ses yeux, qui ne cillent pas, on peut dénoter une forte déception et un plaisir en marche.

— Comment m'avez-vous retrouvé ?

— *Sympathy for the Devil*. Dans les paroles, y'a deux villes, Saint-Pétersbourg et ici. *And I lay traps for troubadours who get killed before they reach Bombay*.

— Bien vu.

— On a commencé par l'Inde. Intuition, pure intuition.

— Quinze millions d'habitants.

— Un seul avec des bottes de lézard mauve.

Julius Puech regarde ses pieds. C'était vrai que, depuis presque vingt ans qu'il avait chaussé ces bottes, c'était comme si la peau du petit saurien était devenue la sienne, inexplicablement cette pellicule d'écailles ne s'était jamais usée, détériorée. À peine deux ressemelages. Ici, les petites mains étaient encore expertes.

— Je m'appelle Léonard. Dehors, il y a mon alter inégal. Iris. Un arc-en-ciel. Elle garde la bagnole.

Silence. Cris d'oiseaux. Klacsons. Bruits de ville. Peut-être l'océan.

— Julius, il faut revenir.

— Il n'en est pas question.

— Il faut ressusciter la Fraction Armée Spinoziste.

— Ça n'a plus cours. L'Éthique a vécu. N'est plus de ce monde.

— Faux.

— Pourquoi ?

— Parce que Hegel est de retour.

Julius tourne légèrement la tête et regarde dehors. À travers le rideau brodé, il scrute l'extérieur. Ce qu'il en voit n'est qu'une aquarelle distinguée. Une oblique stratégie de Peter Schmidt. Un peu du ciel lourd d'un pays où la mousson se prépare, quelques feuilles craquantes d'un eucalyptus assoiffé, le toit de bois d'une maison voisine, aussi pointu que le permet Vishnou.

PARADIGME – CATACHRÈSE 1 À 0

J'ai connu le temps où le mot moderne avait le sens de meilleur.

G. Bernanos

... le foot, c'est de la supermerde...

Maine de Biran

Un grand ciel jaune, strié de rouge, tombait sur La Plaine-Saint-Denis, comme si le Grand Arbitre avait sorti son immémorial tube de mayonnaise au ketchup et le vidait sur le monde, dans un grand pet feulé. L'horizon était hérissé des poutrelles à moitié calcinées du Grand Stade et les deux zombes affalés par terre, à même le béton friable, auraient pu croire qu'une immense arête de rouget géant avait été posée sur le sol, juste pour boucher la vue vers la capitale. Mais les deux types n'auraient plus l'occasion de manier la métaphore. Leurs crânes étaient aussi défoncés que la plupart de leurs jours de jeunesse. L'un d'eux avait une godasse de foot à moitié enfoncée dans la gueule, les crampons remplaçant les dents, et l'autre les pieds coupés à ras la cheville. La maigre herbe qui avait réussi à pousser entre deux plaques de ciment était d'un incarnat sombre, macbethien, de cette couleur coagulée du fleuve intime des hommes perdus à jamais. Ce n'étaient que des cadavres de plus, dans une périphérie où, depuis un long moment, non seulement ils ne portaient plus de costards mais étaient monnaie courante de singe.

Plus loin, deux Combis VW blancs ronronnaient, portières ouvertes. Un type sortit de l'un des véhicules, une bombe de peinture à la main, des adidasses aux pieds. Il se pencha sur le premier corps torturé, traça un H rageur sur le bateuldresse troué et l'entoura d'un patient carré blanc.

Et puis il revint, muet et souriant, vers sa Voiture du Peuple. Il enleva le .357 Heidegg passé dans sa ceinture et le jeta sur le siège passager. Au volant, le grand type couvert de tatouages et d'un sang qui n'était pas le sien le dévisagea en ricanant. Ses dents blanches étaient comme des idées.

Avant de monter, l'artiste peintre regarda vers le ciel, ces nuées qui auraient pu célébrer le glorieux maillot du FC Lens, et hurla :

— Spino, salaud, le peuple aura ta peau !

SEURFONS SUR LE OUAIBE
http : // www.acdpd.footre.argh.fr/com
Click
INTERNATIONALE OULIGAN/KORNERS
& KOUPS FRANCS/PENO/KOUPE DES KOPS
Clicker
Click
KOUPE DES KOPS
Page 12/Cinquième semaine/also available on perso e-Mail : Kop I Right @ Go-Goal Remember Remeter

GOAL ! GOAL ! GOAL ! GOAL ! GOAL ! GOAL ! GOAL !

Honneur et crampons, ce jour, au Kop Hernique, qui, dans ces minutes ineffables qui précèdent la fin du temps réglementaire, a expédié au Pays du Grand Penalty Blanc et du Banc de Touche Perpétuel huit supporters courageux mais enculés du Kop Acabana, sept à zéro, la Koupe au bord des lèvres, vive le foot sur le ouaibe, on est pas des pédés, flottez, les écharpes, brûlez, les feux de bengale, à mort l'arbitre, tour d'honneur, échangez les maillots ! KOP HERNIQUE ! KOP HERNIQUE ! KOP HERNIQUE !

GOAL ! GOAL ! GOAL ! GOAL ! GOAL ! GOAL ! GOAL !

La Grande Kop-ulation est commencée !

KOPULEZ ! ! !

SYNTAGME – SYNECDOQUE
2 À 0

Être moderne, c'est bricoler dans l'Incurable.
Cioran

... le foot, c'est un vrai paquet de merde...
Malebranche

La nuit est tombée depuis longtemps sur le centre de l'Inde. Léonard est vautré sur la natte. Il parle depuis plus de deux heures. Il raconte, narre, fictionne. Un scénario à peine rêvé par le plus efficace des directeurs de programmes de l'ancienne télévision. En face de lui, Julius Puech est hiératique, les yeux mi-clos. Entre eux, il y a une assiette propre, deux pailles et un petit monticule de méthédrine jaunâtre. Une théière, deux bols. Des gâteaux secs à la coriandre.

Léo n'a pas su mettre de l'ordre dans le

pandémonium. Il sort, dans le désordre sensique qui colle si bien à l'analyse, des bribes, des strates d'histoire contemporaine. Il tente de dépeindre les secousses récentes de l'Occident, vues du petit côté de la lorgnette hexagonale. Ce qui s'est réellement passé en France depuis l'évanouissement spinoziste, depuis la disparition des bandes armées idéologiques, depuis le réveil néolibéral mondialiste à la mords-moi la carte Cofinoga de Montélimar...

C'est difficile et hasardeux, ce n'est ni didactique, ni dialectique, ni pédagogique de tenter d'y mettre de l'ordre. Qu'est-ce qu'il en reste ? Un état larvé de guerre, comme toujours. Une sensation de douleur sourde, comme prévu.

Les fascistes avaient bien tenté de prendre le pouvoir, ça les démangeait depuis des temps immémoriaux, ils avaient tout envisagé, tout tenté, mais avaient oublié une chose, une seule : ils s'étaient simplement gourés d'ennemi. Avaient insoupçonné l'immense infrapeuple, celui des banlieues, la Masse Métisse. Et dès lors qu'ils avaient dépassé, par le vote, le seuil critique du cinquante, dès qu'ils s'étaient mis à ratisser-ravaler-ratonner, eux, les lodens verts, les nuques rasées, les granitiques milices paranostalgiques et autres vitrollés du bulbe, avaient vu avec effroi les hordes descendre des cités, débouler des barres à moitié calcinées, descendre les escaliers pourris des cités de transit, des bandes organisées, armées, n'ayant rien à perdre, puisqu'elles n'avaient jamais rien eu à gagner. Dans leurs yeux fiévreux et cruels, il n'y avait qu'un espoir, celui de seulement vivre un peu plus. Pour une fois, ils n'avaient pas cassé que des boîtes aux lettres. Ah, pour un beau bordel, ça avait été une sacrée fête. L'extrême droite vite stoppée, la peur, l'effroi, l'âpreté des combats, et même pas de cris de victoire de la part des vainqueurs qui n'eurent de cesse de marquer leur territoire et d'y organiser la survie sans flics et sans papiers. Et aussi, tout à coup, une donnée irrépressible : le manque de combattants, la plupart des Français se paponisant derechef dans leurs appartements-abris sursécurisés avec mines, miradors, piteboules et fusils de chasse. Et puis les vigiles, partout, municimilices, sékurikorps. Pendant quelque temps, la lacrymo menaça la couche d'ozone et il fut difficile de zigzaguer entre les balles perdues.

Et puis le calme,
celui qui suit les infarctus sociaux.

Le blanc, presque transparent.

Et le travail a repris, par en dessous, au noir, en douce, juste retour des choses, ghettos efficaces, contre-microsociétés, territoires interdits, nomantz-landes fumants, secteurs irradiés pour cause d'usines en panne brûlante, économie parallèle, trick et trok. Le prolomonde se remit à une survie faussement pétillante avec des usines calcinées à l'intérieur du mental. Les anciens adversaires, chacun dans leur coin lyophilisé, chacun tentant de calmer sa volaille la plus énervée, Internet au-dessus des tronches et le technodiable reconnaîtra les siens. Petit à petit, les inframondes se remirent à se toucher, non pas par l'échange, l'usage, encore moins le potlatch. Non. Puisqu'il était humain de communiquer, et anormal de refuser l'autre, le contact se fit tout naturellement. Pas par le livre, la presse, les ondes, l'art ou la philosophie. Non pas par le château-chalon ou le jarret de veau aux herbes, ni par le taboulé ou les masses filtrantes.

Non, les hommes récupérèrent les oripeaux imparfaits de leur espèce grâce à un vecteur de base, le seul qui puisse autant faire vibrer les similinations parallèles, les critiques de cinéma, les inrokupetibeules ou les zombes des caves puantes, les dealers en 38 tonnes et les miliciens encagoulés, les rappeurs hip-hoppés ou les métal-hardcoreux : le **foot**, ce sport de handicapés où l'on n'a pas le droit de mettre la main, sauf le gardien qui, lui, du coup, est dans une cage. Le foute. D'abord des souvenirs, des K7 pirates des matches d'antan, puis de frileuses rencontres, dangereuses, dégénérées et dégénérantes, et enfin un semblant de loi, de règle, le retour à la dure réalité du hors-jeu, qui n'est pas un hors-champ, loin de là. Et alors, bien sûr, le remplissage nouveau des tribunes par des hordes de veaux sous-hormonés est arrivé et, avec eux, la hargne, la guerre, la violence, naturellement déléguées aux bandes de supporters, tifosi, hooligans, qui, eux seuls à présent, avaient le droit de verser le sang et de se battre sans mettre en danger le léger équilibre du Temps. Le foute comme transcendance.

Le Kop devint le Nom.

Les néo-ouligans apparurent, hilares, hérissés, armés, dangereux, seuls dépositaires honorables et honorés du Sens, de la Loi, du Pouvoir.

— Le Foot ? C'est pas vrai, ricane Julius.

— Enfin le foot... Ce que tricotent les vingt-deux débiles sur le gazon n'intéresse que peu de monde. Et toujours les mêmes. Ceux qui délèguent, parabolisent. Qui gagnent, perdent, ou statuquotent par crétins emmaillotés interposés. Les Kops sont dehors. Partout. À tout moment. Sur la route. Autour des stades. L'extérieur devient problématique. Ce ne sont que défis, bastons et cadavres. Il n'y a plus de drapeaux, mais des écharpes. Il n'y a plus de manifs, mais des matches, il n'y a plus de votes mais des résultats sportifs.

— Et Hegel là-dedans ?

PARADIGME – CATACHRÈSE 2 À 0

Le moderne se contente de peu.
P. Valéry

... le foot, si ce n'est pas de la merde en boîte, prouvez-le...
L. Wittgenstein

Le Crislère voyagère rouge devenait noir. La peinture cloquait sous l'incendie. Un homme déjà merguezisé toujours au volant. Dehors, des corps allongés dans l'herbe. Ce qui restait du Kop Kant-Ona. Les Hégéliens les avaient alignés. Il y en avait bien onze, nombre rituel du kop.

— La mort de la Raison Pure, observa finement un type, habillé de blanc, tenant d'une main une kalache et de l'autre une longue perche au bout de laquelle, flottant au vent mauvais, une longue écharpe blanche, barrée elle aussi d'un H mortifère.

— Et celle de la Faculté de Juger. On dit qu'il m'a influencé. Eh bien on ne le dira plus. C'est fini tout ça. Si n'importe quel débile croit que de prendre le nom d'un philosophe le sauvera d'une mort infamante, c'est raté.

— Même Spinoza ?

— Ferme ta gueule, malheureux, c'est un Nom imprononçable.

Celui qui venait de parler, un géant aux cheveux jaunes, nerveux, ne regardait pas ses récentes victimes. Il lorgnait vers Paris, plus loin, dont la découpe fractionnait l'horizon. Montmartre. Avec le trou impensable laissé par la disparition du Sacré-Cœur. Seul restait le long clocher depuis quelque temps transformé en minaret, en haut duquel s'époumonait un muezzin appelant les fidèles supporters aux matches du RSCJ, le Red Star/Croissant Jaune. Plus loin, dans la brume opaque des incendies toujours couvants, le Panthéon, retapissé en noir, avec d'énormes faucille et marteau peints à même le dôme. Tous ces monuments encore érigés, points culminants des nations se partageant farouchement Paris. Plus loin encore, les Invalides, dont la coupole dorée était croquée comme une énorme pomme, l'Arc de Triomphe, muré, bounquère inutile, et la Grande Arche de la Défense, où, avec des jumelles, on pouvait voir du linge sécher.

L'homme aux cheveux jaunes regardait le monde, celui qui restait, et, là, quelque part, se cachait peut-être un autre homme, qu'il aurait aimé tenir dans ses bras, pour ne pas encore savoir qu'en faire, Julius, l'enfoiré éthique, celui qui, il y a longtemps, avait éparpillé son propre père sur une route du Sud. Pendant vingt ans, on lui avait narré la geste tragique, ce paternel qu'il n'avait pas connu et qu'il ne connaîtrait jamais, en insistant bien sur la fin, en inventant une honteuse trahison, genre balle dans le dos et crachat sur la nuque, en évoquant une sorte d'impérieuse vendetta albanaise. GWFH2, dit aussi le Phénoménologique, était programmé pour éliminer Julius Puech, dit Spinoza, dont le corps en préputréfaction devait traîner quelque part.

— On rentre dans l'île.

— Ceux de Nîmes nous attendent.

— Ils attendront. Ils n'ont qu'à se faire la main sur des locaux.

Le Verbe remonta dans son Combi VW blanc. L'autre prit place à l'arrière, se couchant près des manettes d'une mitrailleuse Stirner 30/30. Trois autres voitures démarrèrent, s'échappant des décombres, et se rangèrent derrière la Hegelmobile. Quatre bagnoles blanchâtres comme d'anciens véhicules sanitaires. Un des membres de Kant-Ona, avant de quitter le Grand Stade de la Vie, parvint à se hisser sur un coude et tira en direction du cortège. La balle ricocha sur la paroi blindée du Combi. Là aussi, tout avait changé : on pouvait tirer sur les ambulances. Mais, après, on se faisait rouler dessus.

SYNTAGME – SYNECDOQUE
3 À 0

Au vent qui soufflera demain nul ne tend l'oreille ; et pourtant l'héroïsme de la vie moderne nous entoure et nous presse.

Ch. Baudelaire

... le foot, c'est nul...

Arthur Keelt

— Hegel crèvera sans moi.

— C'est un phœnix.

— C'est une merde qui revit sous forme de merde.

— Mais qui sent trop fort.

— C'est normal, reprend Julius avec ce curieux accent que donne la pratique du Tao. Moi, dans quelques années, je ne serai plus que la proie des vautours et urubus. Au moins, je suis humain.

Léonard fatigue. Il sent qu'il est temps de brûler son dernier argument.

— Julius... Viens avec moi. Dehors. Accorde-moi cinq minutes. Quelquefois, de pauvres strates de temps ont un goût d'éternité... Souvent le spectacle d'une quelconque marchandise nous déborde.

L'être spinoziste regarde fixement son interlocuteur. Il reste immobile, mais dans ses yeux, c'est à la fois le début d'un roman de Gadda et la fin d'une saga du bon Docteur Gonzo. Puis il ferme les yeux, lentement, et pose une question :

— Dis-moi une phrase. Comme ça. Comme ça vient.

— Flaubert s'est trompé.

— Bon. Qui cite Georges Darien n'est pas foncièrement bon.

Et il se lève.

Les bottes de lézard mauve crissent sur la natte.

*

Ils arrivent dans la rue moite et surchauffée devant le pikeupe. Des passants s'écartent devant ces mahatmas en marche. Iris, la femme qui surveille la bagnole et qui depuis une heure pense furieusement à une bière, n'importe laquelle mais plutôt une Goudale, se met à genoux en signe, non pas d'idiote allégeance, mais parce qu'elle ne croit pas à ce qu'elle voit et que donc ça la scie à la base.

Léonard monte sur la benne arrière du Toyota et enlève la bâche.

Le Guzzi 850 California vert profond se met à chauffer au soleil dont l'un des rayons amoureux fait resplendir le réservoir.

Julius regarde la moto. Il ne pleure pas, reste comme impénétrable, d'une impériale immobilité, mais tous les gens assistant à la rencontre de l'Âme et du Moteur croient le voir effectuer un saut périlleux arrière parfait.

— Tu me prends par le sentiment, dit-il.

— Pratiquement neuve. 1968 kilomètres. Trois ans de recherche. Un écrivain qui a arrêté brutalement d'écrire et de rouler quand il s'est enfin rendu compte qu'il était un crétin par rapport à A.C. Weisbecker et un manchot par rapport à Agostini.

— Sage décision.

— Elle est à vous.

Julius grimpe alors, tel un félin retrouvé, sur la benne du pikeupe. Il flatte, d'une main de saurien, le réservoir déjà tiède du Guzzi, et hésite un long moment avant de l'enfourcher. Il met alors les deux mains sur les poignées du guidon, et inspire une large goulée d'air indien.

Iris, celle qui avait eu la garde du trésor, se redresse, frotte la poussière jaune de ses genoux et lève la tête vers cette sorte de statue équestre, presque aussi belle que la plus belle statue du monde, celle de Marc-Aurèle sur la place du Capitole, à Rome, avant, avant que des hordes de tifosi, abrutis par le côté obskur du ballon rond, ne la détruisent et la remplacent par celle d'un tout aussi obskur attaquant de pointe transalpin.

Julius regarde le tatouage qui noircit la joue de la jeune femme. Il reconnaît la planète Saturne et ses anneaux.

— Alors ? dit-elle d'une curieuse voix de crécelle.

— Alors longue vie à la Fraction Armée Spinoziste.

Les anneaux de Saturne se mettent à tourner.

PARADIGME – CATACHRÈSE
3 À 0

L'homme moderne est l'esclave de la modernité : il n'est point de progrès qui ne tourne à sa plus complète servitude.

P. Valéry

... le foot, c'est archi-nul...
Maine de Biran

Le Chaudron était en feu. Les Verts se tapaient les Canaris. Depuis le temps, cela ne voulait plus dire grand-chose. Les Verts l'étaient encore, mais de rage. Quant aux Nantais, leur football ne respirait plus l'air fin et fragile de l'estuaire.

Du coup, ce mélange entre vert et jaune ne pouvait donner qu'un vague camaïeu marron. N'importe comment, les équipes ne représentaient plus les villes, leur esprit, leur style, leurs senteurs. Les gars du Nord venaient du Sud et beaucoup d'ex-Polonais jouaient maintenant en Afrique. L'OM aurait pu signifier Ordre Moral et PSG, Pas Spécialement Gauchiste, d'ailleurs ils ne jouaient plus qu'en troisième division. À Paris, dans la capitale dévastée, seul le Red Star/Croissant Jaune avait survécu, simplement parce qu'il était viscéralement appuyé par les myriades de spectateurs venus du marais banlieusard, où la vie était aussi difficile qu'une deuxième mi-temps, où les prolongations étaient rares et où le tir au but était à balles réelles. En face de cette équipe, qui symbolisait la juste lutte des Cités contre l'Antique Front, était apparu un onze plus en phase avec les nuques rasées, les bras tendus et les idées en forme de matraque, le FNFC, le Foot National Faf Club, autre façon de pratiquer le football où, pour le tibia, ça craignait un maximum. L'Équipe Blanche. Pas de joueur dont le nom commençait par Ben ou se terminait par sic ou ski.

Même s'il avait gagné en gloire et nécessité, le foute avait muté. La disparition pratiquement complète de la télévision avait ramené les foules vers les stades, qui étaient les seuls monuments urbanisticks encore intacts. Il n'y avait eu que le Grand Stade de France pour morfler symboliquement. Lors de la fameuse Nuit de la Dernière Finale. Ça s'était vachement mal terminé. Pour la mémoire et l'image de Francis Huster, pour un demi-millier de combattants et surtout pour l'architecture sophistiquée du lieu, qui n'avait pas longtemps résisté à la violence des combats. Des bandes armées fascisto-franchouillardes s'étaient fritées à la célèbre et redoutée Internationale Clando. Résultat du match : un massacre. À côté duquel les vieux drames du Heysel et de Furiani paraissaient des contes pour enfants blonds et forêts profondes. Depuis, une sorte de trêve s'était établie dans la godzilla civile. Aller au stade n'était plus comme aller affronter Alien 12 à mains nues. Les villes avaient armé des milices de fer, enrôlé des cohortes de flics municipaux, tatillons et absurdes. Les stades étaient transformés, l'espace d'une demi-journée, en immenses fortins. Les bandes ne se rencontraient plus que dehors, pendant des temps réglementaires, sous forme de batailles rangées entre kops, sous l'œil goguenard et cynique des nouveaux représentants de l'Ordre Républicain. Car, désormais, le travail avait repris (un peu), le sucre était revenu dans les magasins (en paquets), l'essence recoulait (sans plomb) dans les stations-service, on se mettait mollement à reconstruire tout ce qui était de l'ordre du public, un peu moins ce qui était du désordre du privé, et le foute était devenu Roi. À travers lui se réglait la haine des villes entre elles et celle des gens entre eux. Des centaines de milliers de spectateurs hurlaient leur joie et leur impatience de se faire laver le cerveau.

*

Et ce soir-là le stade était plein, du pain et des jeux, bordel, dans les gradins nord, les Verts vont bouffer les Jaunes, dans la tribune sud, les Jaunes vont se faire les Verts. Dehors, une armée de robo-copes, aux rutilantes tenues vert sombre, équipés jusqu'aux genoux de matériel anti-émeute, protégeait les entrées du stade où les bandes de supporters jusqu'auboutistes étaient interdites. D'ailleurs les kops avaient trop à faire dehors, attendant les braillements venant de l'intérieur pour foncer ou fuir, vaincre ou mourir.

Pour l'instant, les spectateurs exacerbés lorgnaient le futile parcours des vingt-deux joueurs sur la pelouse stroboscopisée par une lumière si froide qu'elle glace les os. Ils se fichent royalement des déments déguisés aux armes de leur idiote passion, qui, dehors, dans le monde du non-foute, attendent patiemment leur douleur prochaine.

Dans la nuit, dans l'ombre, dans le sombre, le Manukop guette Ultra-Lu, protégé par le noir, l'obskur, l'impénétrable.

Et, tout à coup, parce qu'un pékin un peu chanceux vient sans doute de pousser du pied la baballe dans un filet, une immense clameur éclate derrière les grands murs de béton. Les Verts venaient d'en marquer un. Trente mille gosiers kro-formatés hurlent la joie imbécile du supporteur qui viole la ville d'en face. À distance respectueuse, les deux kops concernés s'agitent. Le Manukop se met à hurler lui aussi sa joie en sautant sur place. Dans la nuit on voit luire les longs couteaux et l'acier nickelé des fusils à pompe. En face, la rage resserre les rangs des petits-beurre d'Ultra-Lu, le kop nantais réputé pour sa grande sauvagerie et une victoire historique sur le Koppa corse en huitième de Koupe de France.

Les flics n'ont aucune réaction. Seuls quelques sourires luisent sous les visières, tant que les empaffés se bousillaient entre eux, les oies étaient bien gardées et pouvaient voir les matches tranquille, sans se faire aplatir ce qui leur restait de cortex. Quelques coups de feu. Des étincelles dans le noir profond. Un corps qui tombe, le raclement de l'acier sur l'asphalte. Des ombres qui courent dans tous les sens, cherchant protection ou trahison.

Une camionnette verte du Manukop sort tout à coup de l'ombre, vire en patinant devant le kop adverse, on entend les claquements sinistres d'une arme automatique et plusieurs Ultra-Lu tombent, trempant immédiatement dans leur propre sang, brisés comme d'anciens petits-beurre. Un Nantais part en courant sur le côté du terre-plein et réussit à balancer une grenade en plein dans la camionnette, deux ou trois échanges de coups de feu, une explosion sourde, un véhicule en torche, deux flammes humaines courant sur à peine dix mètres. Et puis le calme revient. Sous les casques des flics, des sourires encore plus larges. Les survivants disparaissent dans la nuit. Six corps restent sur le carreau, fumants, dépecés, morts sur pelouse de béton, fauchés dans une surface de même pas réparation. Au-dessus, une autre clameur ineffable. Les Verts viennent d'en mettre un deuxième.

SEURFONS SUR LE OUAIBE

http : //acdpd. saint-just fontaine. argh. fr/com

Click

OULIGAN DE VELOURS/1ÈRE INTERNATIONAL DU TAKLE/PENO/KOUPE DES KOPS *Clicker Click*

KOUPES DES KOPS

Page 4/Sixième semaine/also available on perso e-Mail : Kop I Right @ Go-Goal

Remember Ujlaki

GOAL ! GOAL ! GOAL ! GOAL ! GOAL ! GOAL ! GOAL !

Honneur, Krampons de merde et déception, hier soir, à Saint-Étienne, pour le Manukop et l'Ultra-Lu qui n'ont pas su se départager, match nul, mauvais équilibre entre l'attak et la défense, trois morts partout, alors que, dans le Chaudron, les Verts étrillaient les Jaunes par

deux patates à zéro. Ce n'est pas avec un tel manque de taktik, de stratégie, de pêche et de kouilles, GONZESSES *! qu'ils pourront se kogner le fameux kop GoGoal qui, lui, en a dans le kalbute et les attend,* TOUS LES DEUX, *samedi au Park Leskure.*

La Koupe Finale est en marche ! Vive le foot sur le ouaibe !

MANUKOP GONZESSES ! ULTRA-LU PÉTASSES !

GOGOAL VOUS NIQUE !

GOAL ! GOAL ! GOAL ! GOAL ! GOAL ! GOAL ! GOAL !

La Grande Kop-ulation se poursuit !
KOPULEZ ! ! !

SYNTAGME – SYNECDOQUE PARADIGME – CATACHRÈSE 1 À 0

La modernité se définit comme un progrès décisif de la conscience de soi.

E. Borne

... le foot, plus nul, tu meurs...

Malebranche

Le cargo entra lentement dans le port de Marseille, comme un coin noir enfoncé dans la vraie vie. Fendant l'eau lourde, il se rangea en grinçant le long d'un quai. Des hommes descendirent plus tard de l'échelle de coupée et les grandes grues jouèrent les araignées. Elles fouillèrent la cale du bateau et en ressortirent des caisses, de plus en plus grosses, de plus en plus métalliques et, enfin, une moto verte.

Sur le quai, un homme, grand, les cheveux

noirs et longs assemblés en une unique tresse, un manteau de cuir tombant sur des bottes de lézard mauve, la regardait descendre du ciel avec appréhension, guidant le grutier avec de petits gestes précis. À côté de lui, Léonard et Iris, portant des gros sacs à dos, le laissaient faire. Le Guzzi ne leur appartenait plus.

Les trois voyageurs se dirigèrent ensuite vers le poste douanier où rôdaient quelques officiels à moitié endormis. Plus loin, appuyé sur une Safrane pourrie, un type observait. Et ce qu'il pouvait voir, c'était la grande différence entre tous ces humanoïdes qui allaient se rencontrer, d'un côté trois êtres en marche, de l'autre cinq clones zappés assis sur leurs déceptions récentes et leurs pauvres illusions.

Il est maintenant temps de passer au je. Au jeu. Spino était de retour. Ça allait chier.

J'étais assez ému de retrouver un sol il y a longtemps foulé. Des madeleines en acier trempé me remontaient à la gorge. Je me ressouvenais tout à coup du corps élastique de François et de la grimace du Niais quand la balle l'avait frappé dans son vol de traître. Mais, bien que précis, tous ces souvenirs étaient emballés dans le papier bulle du passé. Tout était à présent différent, on m'avait dit. Et en même temps pareil. Dans l'air flottait la même odeur d'aspirine froide. Les mecs rangés comme des tampons dans le bureau de douane me rappelaient furieusement ceux que j'avais quittés, il y a vingt ans, quand ils tentaient de reconstruire ce qui avait été pourtant détruit à jamais, tous ces fervents de l'État et du Socialbéton qui se remettaient à recoudre la Coupure, à plâtrer la Cassure, à nettoyer la Suture. J'étais parti en Inde, avec le fallacieux désir d'entendre, pour de vrai, les chants d'amour de Viddyapathi. J'avais fait mieux que les troubadours tués avant d'arriver à Bombay. La rupture totale. Sous le ciel moite de l'Ulhasnagar. Et voilà, je revenais, Marseille, au loin, luisait sous son nuage glauque. J'étais content. Je n'aurais pas cru.

Le type semblant le plus gradé, il portait ses décorations dans son regard hautain, changea de place et s'installa derrière un comptoir, nous regardant pénétrer dans son territoire où le parquet n'avait pas été balayé depuis des lustres. Je n'aimais pas ça. Vingt ans de natte de sisal et de parquet vide lavé tous les deux jours à grande eau m'avaient donné la phobie de la saleté, de toute saleté.

— Vous venez du *Boustro* ? C'est ça ?

— C'est ça.

— Et le *Boustro* vient de Bombay, via Djibouti, Port-Saïd et Malte, c'est ça ?

— C'est ça.

— Vous avez rien à déclarer ?

— Si. À bas le travail.

Coup de fatigue chez le douanier. Avé l'accent.

— Bon. Je vois. Des zazous, con. Nationalité ?

— Y'a encore des nations ?

L'officiel comptoirisé respira un bon coup. Peut-être pensait-il que c'était l'heure du jaune.

— Bon. Carton jaune. On n'a pas que ça à faire. Deuxième essai. Et dernier. Nationalité ?

— Gadda .357 Magnum.

Le type ne rétorqua pas. Il regardait l'œil noir et rond du pistolet juste devant lui.

Moi, je redécouvrais la joie malsaine d'avoir à tenir cet objet métallique, comprenant beaucoup de ressorts, qui avait le pouvoir d'éteindre les regards, de calmer le jeu, de redistribuer les cartes.

— Tu ordonnes à tous tes sbires de se barrer, en courant, et de monter sur le bateau pour vérifier la cargaison. Vite. Y'aura pas de deuxième essai.

Le mec, blanc, avec une tempête sous son crâne. Un, pour le pastaga, ça ne serait pas tout de suite. Deux, ses potes n'étaient pas de fins pistoleros et fallait pas compter sur eux pour refaire une version locale de Rio Conchos de Gordon Douglas. Trois, c'était un trop beau jour pour mourir, même si on a jamais lu Harrisson. Résultat des courses, il claqua des doigts. Doucement, car il connaissait la théorie de l'aile de papillon. Les quatre autres défenseurs approximatifs du territoire sortirent du bureau en feulant et se mirent à marcher vers le cargo, sans courir, mais en agitant la mécanique beaucoup plus rapidement que ne l'exige la moyenne locale.

— Tes clefs de bagnole.

Le gabelou de mer prit, lentement, son trousseau accroché à sa ceinture, en retira un porte-clefs avec bipeure et le posa sur le comptoir.

— C'est la Mercedes noire, près de la grille.

Je regardai fugacement mes compagnons et leur balançai les clefs. Ils fusèrent. Dehors, Iris mit le Guzzi en marche et courut rejoindre son acolyte. Quand j'ai vu la lourde voiture sortir du parking et se mettre face au portail de grillage, je suis sorti à reculons. Le type se lignifiait sur son étal de bois.

— L'Éthique est en marche, con, je lui ai crié.

J'ai mis les gaz. Devant, la Mercedes, accélérant à fond, enfonçait la grille. Les réflexes revenaient. Dans mes veines recoulait l'essentiel spinozien. Je ne l'avais pas perdu, il était tout simplement tapi le long des parois rugueuses de mes neurones. C'était comme si je sortais d'une longue suffocation asthmatique, et que, tout à coup, je respirais à pleins poumons. Tout autour, l'air un peu acide venant de l'Estaque.

*

Au milieu des bagnoles garées devant le bureau de douane, le mec, toujours appuyé sur sa Safrane, avait, sans bouger, assisté à ce Grand-Guignol. Le seul geste qu'il s'était permis, c'était d'enlever son écharpe bleu et blanc, aux armes de l'Olympique-nique de Marseille, et de la jeter sur le siège avant où elle alla rejoindre un vieux volume, le 14, d'un dictionnaire encyclopédique. La radio diffusait en sourdine des chants fouteux et guerriers. Comme quoi y'en a qui en ont dans le pantalon et pas d'autres. Il observa les quatre douaniers redescendre du bateau en vitesse, avec des marins qui leur gueulaient dessus. Il s'approcha alors du douanier-chef qui lui aussi s'était mis sous le maigre soleil jaune citron et regardait vers la sortie, vers le fin nuage de poussière qui planait encore au-dessus de la grille.

— C'était quoi, ce cirque ?

— Des allumés. J'ai rien compris. Le grand con, là, avec la tresse, il m'a traité, putain.

— Il vous a traité de quoi ?

— Il m'a traité d'éthique, putain.

L'autre ne bougea pas d'un poil. Mais un ophtalmo aurait pu voir, dans son fond d'œil, dans ses intimes cellules photoélectriques, un changement radical de texture et de couleur.

*

J'ai insisté pour passer par le pont du Gard qui avait vu, dans un autre temps, dans des jours anciens, sombres et paradoxaux, l'introduction pénétrante de Hegel dans l'Infra-Monde. Là aussi, les madeleines ont déboulé, le vert profond des arbustes de garrigue, celui plus tendre des platanes, l'ocre jaune du monument, le bleu minéral du fleuve. La râpe à muscade des cigales copiant parfaitement le ronronnement régulier du moteur. J'ai pensé à Riton et à son bonnet aux couleurs criardes, et aux autres, morts dans ce Chemin des Hommes. J'ai repelé la peau un peu aigre de François, chauffée sur les pierres blanches du

Gardon. Mais tout cela avait coulé avec le courant. Le Pont, mon Pont, était maintenant une ruine, une vraie, une de celles qu'on ne peut plus que visiter, avec ses pierres d'histoire et de mémoire. Plus rien ne me touchait. C'était comme un livre d'art. C'était fini. J'étais content. Il y avait donc du neuf en moi.

On a abandonné la Mercedes, personne ne la sentait, cette caisse. Pas de mythe en elle. Même plus le souvenir d'une jeune Espagnole. Léonard a repéré une Renault Fuego, garée sagement devant l'entrée d'un camping. Cette voiture avait été trop détestée pour ne pas avoir elle-même à se venger, trop honnie pour ne pas avoir un quelconque honneur. On l'a piquée. On a laissé l'autre à la place. Un bon troc. Rien à dire.

La FAS reprenait forme, petit à petit. On avait quelques jours pour trouver les pièces mystérieuses et manquantes du peuzeule. Léonard et Iris, mes anges sexués, avaient des idées là-dessus.

Moi aussi.

Je suis repassé par la montagne, au pif, à peu près là où ces femmes dangereuses et admirables m'avaient recueilli après le grand désespoir de la rupture avec François. Six mois, j'étais resté leur esclave. Trois mois, j'étais devenu leur maître. Et puis, nous nous étions séparés. J'étais parti vers l'est avec la jolie Mino. Qui s'était arrêtée en Syrie. Palmyre l'avait stoppée net dans son élan, elle avait pensé que c'était impossible, mais alors absolument impossible de trouver plus beau et évident ailleurs. Je comprenais. Son pont du Gard à elle. Grands sont les êtres qui comprennent la beauté de l'architecture romaine.

J'ai retrouvé facilement le camp où j'avais passé presque un an de douleur de chair et d'idée fixe. Il était désert. Les herbes, les ronces envahissaient tout. La nature y avait replanté son inexorable calme. Les deux ou trois baraques étaient toujours debout, leurs toits crevés, couvertes de mousse. Il n'y avait aucun signe de guerre et de sang dans les parages, mais ça sentait, même vingt ans après, le drame imbécile, la violence gratuite. J'ai frissonné pour ne pas avoir à deviner, à échafauder. Elles avaient disparu, et baste. Où, comment et pourquoi, ce n'était que le fiel amer du passé.

Nous sommes repartis pensivement. Mes deux compagnons avaient senti mon désarroi, avaient évité de désastreux commentaires.

Sur le Guzzi, je fendais l'air de plus en plus solide, y flottaient de minuscules particules de brique ou de béton. La furieuse impression d'aller droit dans un mur, plus haut. J'ai repensé à Kowalski, le héros, celui du film de Sarafian, *Point Limite Zéro*. C'était bien d'être comme lui. Ça voulait dire que le monde n'était pas uniquement vérolé par l'Esthétique.

PARADIGME — CATACHRÈSE 4 À 0

Age quod agis.
Plaute

... le foot n'existe pas, ou alors prouvez-le...
L. Wittgenstein

La Safrane entra dans Nîmes par la RN86. Le conducteur évita quelques taureaux en liberté qui paissaient tranquillement sur les pelouses fournies, pas loin du cimetière, et entra dans la ville foutue. Les bandes hirsutes descendues de Carremeau et de Pissevin avaient mis depuis longtemps la cité en coupe sombre, le pillage avait pris radicalement le masque de la récupération individuelle. Ils n'avaient rencontré que peu d'opposition, les nantis ayant fui vers Montpellier et les fachos s'étant repliés plus au sud, dans leurs terres déjà imbibées de malséance. La ville romaine était laissée aux soubresauts un peu puants du mistral et, dans les rues presque vides, régnait encore le sentiment absolu de la violence avinée des antiques férias. Les armes de la ville, un palmier planté sur le dos d'un crocodile, étaient désormais désuètes. On aurait préféré un cocktail Molotov entre les cornes d'un taureau. Flaubert aurait pu y reconnaître les senteurs de Megara, mais les jardins d'Hamilcar ne produisaient plus que de la poussière astringente et des fleurs de décharge.

L'homme à la Safrane roula tout droit vers les Arènes. Quatre heures sur le ouaibe lui avaient suffi pour savoir qu'une partie du Kop hégélien se terrait dans l'ancien Colisée romain, préparant une expédition punitive, le lendemain, à Montpellier, où l'attendaient des ultras locaux grossis des troupes restantes de Kant-Ona, kop martyr.

L'homme à la Safrane savait qu'il serait extrêmement dangereux de pénétrer dans les vestiaires de ouligans en pleine concentration meurtrière, récitant les mantras obligatoires, se huilant l'intérieur du corps de mauvaise bière et vouant l'humanité à l'enfoirage total. Mais ce qu'il avait à annoncer lui laisserait la vie sauve, et peut-être pourrait-il être intronisé. Ainsi il serait témoin d'un nouveau ouaterlo, il pourrait proclamer : j'y étais, et alors on dirait de lui : voilà un brave. Son propre kop, marseillais, le Fausto Koppi, lui sortait par les trous de nez, si c'était possible de penser ça comme ça, avec la Dame Blanche sur toute la ligne.

Sur les bords supérieurs des Arènes flottaient des drapeaux blancs frappés d'un carré et d'un H en leur milieu. Toutes les arcades, dessous, étaient murées ou obstruées de carcasses noircies de bagnoles. Deux entrées étaient libres, barrées par des chevaux de frise et gardées par de nombreux sbires armés des sempiternelles kalaches.

L'homme gara la Safrane sur le boulevard et sous un platane grillé. Il s'avança, lentement, les mains bien en évidence, paumes en l'air, vers l'entrée nord des Arènes. Les gardes s'égaillèrent, se protégeant derrière des plaques de tôle, lançant quelques invectives menaçantes. Et puis, l'un d'entre eux s'avança, s'arrêtant à cinq mètres de l'intrus, lui intimant l'ordre de se figer. On ne passait plus.

— Dégage. Personne sur l'esplanade.

— Je veux voir Hegel.

— Personne ne peut voir Hegel. Mais tout le monde peut le lire.

— Dites-lui un seul mot : Julius. Et il viendra.

— Tu es bien sûr de toi, espèce de merde de possible rugbyman.

— Un seul mot : Julius.

— Il n'y a plus de César.

— Julius.

Le sbire fut malgré lui impressionné par le calme de son interlocuteur. Dans son cortex embrumé par la furia des résultats sportifs, il dut se dire qu'il risquait de faire l'erreur qui le mènerait très près du Banc de Touche Final. Il dansa quelques pas sur place, s'agita dans ses réboques.

— Bouge pas. Si tu bouges, tu bougeras plus.

Un bel effet d'allitération involontaire. Et il repartit en marche arrière. L'homme à la Safrane ne bougea pas, trop content d'avoir percé aussi facilement la première couche de blindage. Levant la tête, il regarda le ciel bleu sublime, un drapeau claquait dans le vent du nord et un immense vol d'étourneaux, comme des grains de beauté sur la peau de l'éther, maculait l'immensité. Il se dit que la France allait mal, très mal, malgré l'incroyable vigueur du minéral et du végétal. Il se dit aussi que, plus la nature semblait belle, plus ça allait mal chez les hommes, plus elle paraissait reprendre de la vigueur, couleurs franches et nettes, saisons marquées, plus les hommes trouvaient ça inquiétant. Comme si la nature se réjouissait de l'impasse dans laquelle étaient plongés ceux qui l'avaient longtemps piétinée. Et, pour l'humanoïde de base, le sentiment étrange d'être abandonné par son propre socle, sa dalle intime, sa pauvre maison. Maintenant, l'herbe était toujours verte, de plus en plus verte, d'un vert électrique, celui des pelouses de stade.

Il vit alors ressortir des Arènes le garde qui l'avait interrogé, suivi d'un grand type aux cheveux rouges, vêtu d'une combinaison blanche et sale. Dans leur démarche, on pouvait lire un fort sentiment d'impunité. Ils stoppèrent à une dizaine de mètres, plantés sur l'asphalte écaillé.

— Qu'as-tu à me dire, petit homme ?

— Es-tu Hegel ?

— Je suis qui je suis.

L'homme à la Safrane pensa qu'il était temps de faire la passe décisive.

— Il y a deux jours, j'étais sur le port de Marseille. Un bateau est arrivé, de loin, de très loin. En est descendu un homme qui portait des bottes de lézard mauve aux pieds. Un homme dangereux. Ce danger, je l'ai humé. De loin, c'était comme des effluves acérés.

— Encore.

— Il était accompagné par deux autres personnes. Un couple.

— Encore.

— Il a attendu le débarquement d'une moto.

— Quelle marque ?

— Guzzi.

L'homme à la combinaison fit un pas en arrière, par pur réflexe. Ses traits s'étaient déformés sous l'impulsion d'une grande haine et d'un grand effroi. Il sortit de sa ceinture un pistolet long et noir.

— C'est lui qui t'a demandé de venir ?

— Non.

— Prouve-le.

— Je fais partie du Fausto Koppi et je t'emmerde. OM vaincra. Khéops total.

L'hégélien se marra.

— T'es con ou suicidaire ?

— J'étais, il y a longtemps, dans le Crash Carlo Ponti. Spinoza nous a trahis. Les néo-flics ont tué mon frère.

— Jamais je ne ferai alliance avec un ex-mao abruti par le luxe.

— Je ne demande pas d'alliance.

— Alors casse-toi, gicle.

L'homme à la Safrane tourna les talons, resserrant les omoplates, attendant le lâche aboiement du pistolet noir et long. Mais il parvint sous les platanes, une rivière de sueur dans le dos et les reins. Il n'avait pas voulu clore une alliance mais avait fait passer une information. Ce n'est pas sur le ouaibe que ce genre de donnée aurait pu passer. C'était de la stratégie pure.

Derrière lui, l'homme à la combinaison blanche se dandinait sur place. Ses jambes tressautaient toutes seules, sous le coup d'une morbide excitation. Avant de repartir vers son bunker romain, il siffla entre ses dents. Un taïpan blanc.

— Enfin...

— Je ne comprends pas, dit le sbire.

— T'as pas à comprendre. T'as à t'entraîner. La deuxième mi-temps est commencée. On plie bagage. On remonte. Spino n'aime plus le Sud. Moi, Hegueuldeux, je le sais, je le sens. Les zombes de Montpellier attendront dans leur crasse. Faut prévenir GWFH2.

SEURFONS SUR LE OUAIBE
http : //acdpd. 22 les v'la. arg. fr/com
Click
HITLER ET LE PENALTY/STALINE ET LE KATENACCIO/KOUPE DES KOPS/LE KOP NOUVEAU EST ARRIVÉ *Clicker*
Click
LE KOP NOUVEAU EST ARRIVÉ
Page 1/Septième semaine/also available on perso e-Mail : Kop I Right @ Go-Goal
Remember Cisowski

KOPULONS ! KOPULONS !
KOPULONS ! KOPULONS !

Hegelkop est là qui vous regarde et vous nique la tête et le moral, à mort les tantouzes, Spino, t'es là, on sent ta sueur fétide, on t'attend, t'as pas les Kouilles, l'éthique est morte et mort à ceux qui la veulent toujours, Spino-

pizza de merde, on va te takler définitivement, c'est quand tu veux.

KOPULONS ! KOPULONS !
KOPULONS ! KOPULONS !

Spino, ta vie va devenir l'enfer du banc de touche, *LES KOPS SONT APRÈS TOI, T'AS VINGT ANS DE RETARD !*

ENKULONS SPINOZA ET SA FRACTION ARMÉE !

KOPULONS ! KOPULONS !
KOPULONS ! KOPULONS !

Spino, les Kops seront Kop-propriétaires de ton kadavre !

GOAL ! GOAL ! GOAL ! GOAL ! GOAL ! GOAL ! GOAL !

La Grande Kop-ulation est en marche !

KOPULEZ ! ! !

SYNTAGME – SYNECDOQUE
4 À 0

À supposer que les forces défaillent, l'intention est cependant louable.

Ovide

... le foot rend con...

Arthur Keelt

– C'est quoi ces conneries ?

– C'est le ouaibe.

– Eh bien tout va mal.

Nous étions remontés vers le nord, avec, dans la viande verte du cerveau, une envie d'Islande, eau chaude/eau froide, glaciers et volcans, le bled où toutes les filles s'appellent quelque chose plus « dottir ». Pour l'instant, nous nous étions arrêtés dans une ferme isolée, en Haute-Loire, un ancien repaire d'alternatifs nébuleux. Il y restait un groupe de rock hardcore, Kosmo et ses Sanguins, qui huilait consciencieusement les dix premiers rangs des pogoteurs venus les voir dans les bars de la région. On avait été accueillis avec componction et de nombreuses bouteilles du vin râpeux local. Vive le zeugme. Entre les Flying Gibson et les Fender Bass, il y avait tout l'attirail post-moderne des internautes de base et Léonard n'avait mis que dix minutes à trouver les sites flottants du grand nervous kopdown. J'étais scié. L'Inculture avait fait de sérieux progrès. Le syntagme mou se lovait autour du paradigme incertain. Vingt ans d'anti-utopie systématique. C'était comme avant.

— On peut répondre ?

— Je vais demander, ça dépend...

Léonard est monté dans les étages chercher le spécialiste local. Je suis sorti.

La campagne était aussi désolée que moi. En général. L'herbe était jaune, de la funeste couleur de l'antigréviste. Mais ça devait être la sécheresse. Moi aussi, je souffrais d'un manque liquidateur. Depuis trois jours que l'on roulait, dans une France que je ne reconnaissais plus, et qui était, pour une fois, vraiment profonde, mes nerfs se dépelotaient dangereusement. Nous avions remonté la vallée du Rhône, avec, tous les quarante kilomètres, ses friches industrielles, ses carcasses de péniches à hydrocarbures, ses ponts absents ou hérissés de milices.

Avignon qui avait oublié ses papes
tant mieux et enfin
le Palais noirci par le napalm
le théâtre dans la rue
de mauvaises pièces
Titus Andronicus en réel,
Lorenzaccio sans les tirades.
Orange pelée, première grande victoire
des kakous, zazous et zoulous,
le Mur du Théâtre,
symbole d'un dernier rempart
contre l'inexorable
et la statue d'Auguste décapitée,
avec la tête de Jimi Hendrix
à la place.
Mondragon, canal glauque
grouillant de silures.
Cruas, la grande tour de refroidissement éventrée
avec la fresque, l'enfant filtrant de l'eau entre ses doigts,
un grand trou à la place de son crâne
et partout, les vignes, toujours,
le pinard résiste au bazar
et
Montélimar où c'était pas du nougat.

Valence gardait, de loin, un vague air andalou
et Vienne, l'odeur des chocolats de Karl Kraus.
Léonard et Iris,
ces deux-là,
si proches l'un de l'autre,
je sentais leurs peaux,
encore plus odorantes après qu'ils s'étaient aimés,
et ils se mélangeaient tout le temps,
ils arrêtaient la Fuego
et moi, j'attendais plus loin,
et je n'arrivais pas à imaginer
précisément,
ce qu'ils faisaient.
Alors qu'en se pénétrant,
ils pensaient, eux, à moi.
Et se redonnaient leurs forces.

On a évité Lyon, Léonard avait évoqué une ville dangereuse, partagée par une grande muraille, une barricade géante séparant l'Est de l'Ouest, d'un côté la cavalerie métisse, de l'autre les descendants extrémistes du saucisson chaud aux patates. Dans la vieille ville, le très puissant kop des Ultragones, dans les cités, le KelkalKop. Leurs rencontres, toujours émaillées de dribbles sanglants, se déroulaient, car telle était la règle, aux alentours de Gerland, et Léonard avait estimé que tout homme qui voulait garder intacte une appréciation positive de l'espèce humaine se devait d'éviter le secteur.

Donc on avait évité Lyon et sa crinière de feux couvants.

Et alors des petites routes
Annonay éteinte dans le soir
la montagne oubliée
de monter, ça rassure
on s'approche du ciel
même si le ciel est bas
même si le ciel sent le soufre
même si le ciel va nous tomber sur la gueule
c'est le ciel
toujours le ciel.

Le soir, quand on décidait de s'arrêter, on arrangeait la Fuego, la débarrassant de ses options, toutes ces merdes en plastique couinant, et ne gardant que ce qui fait l'essentiel d'une bagnole, à savoir le moteur et la caisse. On l'a repeinte en noir et rouge, avec de belles flammes tremblantes, possible imagerie d'un enfer à roulettes. Le custom est conceptuel et, ainsi, l'art contemporain se porte bien.

Je cherchais.

Des êtres imparables
qui pourraient m'accompagner
un instant, un moment
une part de gâteau
coupée dans la roue du temps.
Ressusciter la Fraction Armée.
La faire revivre, lui redonner
non pas du corps mais de l'âme.
Mais les hommes, je m'en méfiais
ne jamais faire balbutier l'Histoire,
ne jamais la faire bégayer
si elle tousse, l'Histoire
on ne s'enrhume pas,
on a la crève, on crève.

Je vois la ferme, plus loin, ramassée, les hauts murs. Qui ne tiendraient pas cinq minutes face aux hordes kopées. Dérisoire rempart derrière lequel des rockers dépassés attendent les événements. Mais qui intéressent-ils encore, ces ponques tardifs, même si le monde pouvait toujours être définitivement sauvé par l'écoute de Beggars Banquet ? L'un d'entre eux m'intéresse. Ray, un travesti. Juste moyenne. Qui approche le quintal. Il y a autour de lui une aura statiquo-terrifiante. Néron devait ressembler à ça, pas celui brûlant Rome, mais celui édifiant la Domus Aurea, la plus belle baraque de tous les temps. Lui, je sais qu'il me sera facile de le circonvenir. Il aime les motocyclettes et le zen de leur réparation. Et puis il est déjà sensible à ce qui reste encore de ma beauté. Il bombine autour de moi. Je vais enrôler ce bourdon.

Léonard est venu me rejoindre.

— Ray a un pote qui squatte un site. On peut pirater celui des kops. On peut passer une page.

— On va faire court. Leurs textes sentent le maniérisme. Après, il nous faudra des armes. Modernes.

SEURFONS SUR LE OUAIBE
http : //etik.sympathy for the devil.tagada/com
Click

ONZE FAIT CHIER. VIVE LE VÉLO. GAFFE LES PINGOUINS, VOILÀ SPINO.

ET ÇA ME DONNE ENVIE D'HEGUEULER.

so if you meet me have some courtesy
have some sympathy and some taste
use all your well learned politesse
or I'll lay your soul to waste.

SYNTAGME – SYNECDOQUE 6 À 0

L'action est tout, la gloire rien.
Goethe

... le foot rend super con...
Maine de Biran

Ray a trouvé une moto. Une Aprilia lourde et large, noir et or. Il est comme un bouddha chevauchant un brin d'herbe. Quand je lui ai demandé s'il voulait venir avec nous, il a dit non et nous a suivis. Sage appréciation négative de la dialectique.

Et nous sommes descendus de la montagne en chantant. Direction Moulins, où Ray savait que l'on pourrait trouver ce qu'on cherchait avec une sage avidité. Il nous avait prévenus, c'est une ville ancienne, qui sentait toujours une forte odeur de monarque, mais ce n'était pas loin des vieilles pierres que se terrait Karton Rouge, un kop avec qui on pouvait encore dialoguer, car ses membres perdus gardaient un fort sens du commerce. Et ceux qui croient au pouvoir de l'argent, ceux qui accumulent encore primitivement le capital, sont tellement hors du Sujet qu'ils en oublient plus facilement l'opiniâtreté de la pureté. C'était des ennemis, mais prêts à se faire du pognon. Donc des ennemis malléables que l'on peut approcher à portée de flingue. Je n'ai aucune intention de payer, j'avais prévenu. Il n'en a jamais été question, avait répondu le travesti. Et eux aussi le savent, faut pas pousser quand même, avait-il rajouté.

Karton Rouge zonait dans la région, remontant de temps en temps vers Auxerre, pour foutre son souk aux alentours de la soutane de béton de l'Abbé-Deschamps. Le Ouaibe et sa Koupe des Kops avait signalé une de leurs victoires, celle gagnée sur les Péno Future, des ultra-punks de Sochaux éliminés radicalement au bazooka et au lance-missiles. C'est donc que Karton Rouge avait accès à l'armement sophistiqué nécessaire à la teneur éthique de la Prochaine Fraction.

Les deux motos et la Fuego se garèrent sous les arbres d'une sorte de mail. D'ailleurs, avant, c'était là que les bourgeois se rencontraient ou se parlaient. Maintenant, c'est sur l'e-mail. Ray partit à pied dans la vieille ville à la pêche aux renseignements. Il revint à peine une heure après. Il savait. Karton Rouge était en piste du côté de Clermont-Ferrand, cherchant des noises à des post-fachos de troisième division. Dans leur repaire, un vieux Sofitel de banlieue, seule une dizaine de guetteurs devaient garder la chambre forte. C'était le moment.

J'étais inquiet et content à la fois. Je pouvais à peine compter sur moi-même, mon long repos indien m'avait trop éloigné des réflexes vitaux nécessaires à la survie en milieu urbain énervé. Mais le Tao avait dû suffisamment nettoyer mes nerfs pour que mes réactions soient toujours de l'ordre du millionième de nycthémère. En revanche, je ne savais rien des aptitudes fracassantes de mes trois compagnons. Je sentais que je pouvais facilement me faire épauler par Iris, dont la propension au désir dénotait une bonne santé hystérique et dont la rudesse dans le plaisir montrait une bonne appréciation de la paranoïa. Les deux mecs, je les laisserais en couverture.

Nous avons coulé lentement vers la banlieue de Moulins. Des êtres glissaient dans les rues, ne s'éloignant jamais trop d'une porte ou d'un porche. On a croisé une escouade de municipaux en arme, mais ils n'ont pas cherché le contact. Ils nous ont simplement, au mégaphone, conseillé de quitter la ville et d'aller chercher nos noises ailleurs.

Le Sofitel, peint en rouge, se profilait en ombre chinoise sur un chromo-crépuscule. Belle image. Le soleil n'en finissait pas de se coucher sur le biotope, et dans le flamboiement lyrique de sa mise au pieu, il disait clairement qu'il en avait marre d'éclairer un monde qui ne cherchait plus aucune lueur, il précisait qu'il faisait ça par pure habitude, par automatisme tropique. Il nous rappelait que le seul moment où il s'aimait encore comme soleil, c'était l'instant du rayon vert, l'heure de passer de l'autre côté, pour se reposer enfin, buller, ne plus avoir honte.

On a garé les cubes et la caisse en direction du nord, le long de la nationale. Iris a armé nerveusement sa Spinrad 40/40, j'ai vérifié le glissendo de mon Gadda. Léonard et Ray, à bonne distance, avec des pistolets mitrailleurs. On a repéré un guetteur sur le toit de l'ancien hôtel, et, se glissant dans l'ombre de thuyas poussiéreux, nous sommes passés sous lui, dans le plus parfait silence. On l'a entendu siffler un air inconnu et répétitif. Dans sa petite tête vide d'ultra, il était loin, petit pont Mirabeau de merde, de penser que l'Histoire coulait sous lui.

De l'intérieur nous parvenaient des cris et des rires. Gras. Les cris, normal, notre époque ne savait plus que hurler. Les rires, c'était plus problématique. Les raisons de rigoler ne pouvaient que donner froid dans le dos. Et puis tout ce gras... Une porte métallique coulissante était à moitié ouverte. J'ai laissé Ray dehors avec mission de surpasser le guetteur.

Nous nous sommes glissés à l'intérieur. Dans une grande salle où ronflait un générateur, j'ai tout de suite vu les composantes du tableau. Au fond, ficelée sur une table basse, bras et jambes pendant de chaque côté, un fin corps de femme, nu, offert. Quatre hommes, autour. Deux d'entre eux les couilles à l'air, le sexe vaguement dressé vers leur proie. Un type assis. Un autre, de dos, plus près de nous. La fille criait, par à-coups. Alors que personne ne la touchait. J'ai peut-être pensé à des trucs qui s'étaient passés avant notre arrivée. J'ai glissé tout doucement vers le type de dos et je lui ai collé le canon de mon pistolet sur la nuque, lui parlant tout doucement à l'oreille, comme une confidence.

— À partir de maintenant, t'es changé en statue de sel.

Iris a tiré. Trois fois. Les deux types debout ont perdu une bonne partie de leurs attributs. Le mec assis s'est écroulé au ralenti dans ses boîtes de bière. Un peu de fumée. J'ai senti ma proie, devant moi, frémir. Une onde courant sur toute la peau.

— Une statue de sel, j'ai dit.

Léonard et Iris ont été détacher la suppliciée. Une très jeune fille. Je l'ai réalisé quand ils ont essayé de la mettre debout. Des petits seins, un ventre plat. Des cheveux noirs coupés à la garçonne. Elle a réussi, dans un silence tout à fait holderlinien, à calmer le tremblement de ses jambes. Se penchant, avec précaution, elle s'est touché l'entrejambes.

Dehors, on a entendu une série de claquements et le bruit d'un corps tombant sur du marbre. L'homme ne verrait plus rien couler sous lui. Ou alors un autre temps, ailleurs.

Et puis la fille a levé la tête pour regarder l'horreur que je tenais en joue. Je n'ai vu que ses deux yeux brillants, comme dans un ancien film d'horreur, plus rien n'existait de son visage si ce n'était ses deux yeux comme des diamants noirs.

— Où est l'arsenal ? Vite. T'as trois secondes. Après on te laisse en tête à tête avec ta copine. N'espère rien. Karton Rouge s'est fait niquer par des ultras, du côté de Vichy.

Il n'a rien dit. Il a simplement levé, très lentement, la main. Son doigt tendu a montré une porte. J'ai fait un signe à Léonard et Iris. La fille, elle, s'est mise à marcher, droit sur moi et son tortionnaire. Elle avançait très lentement, ses genoux fléchissaient comme si les tibias entraient à chaque pas dans les fémurs, elle mettrait trois ou quatre minutes à venir nous rejoindre. Mais même dans sa progression disgracieuse, j'ai senti que rien ne pourrait l'arrêter.

Le temps s'est mis à prendre une course jusqu'alors inconnue. Le type tremblait, la fille avançait. C'est tout. Chacun à sa place. La distance entre eux diminuait à chaque pas mais était indéfiniment divisible en deux. C'est ce que devait penser le violeur pour se rassurer. Une sage application de la logique. Mais il savait quand même qu'à un moment où un autre, cette distance serait trop courte pour le protéger. La fille avançait et ses yeux brillaient toujours dans le sombre de son visage. Plus personne ne voyait son corps nu. On ne voyait d'elle que deux points brillants comme deux canons de flingue juste au moment où la balle part.

Léonard ressortit alors de la petite porte et claqua des doigts.

— Bingo ! rigola-t-il.

Iris, qui le suivait comme son ombre, s'est détachée de lui et a couru vers la fille, l'a prise dans ses bras, lui faisant faire demi-tour. À vingt centimètres près, la fille torturée aurait rejoint son bourreau. Elle se laissa faire, comme si elle avait tout à coup oublié l'objet de son parcours. Iris shoota par réflexe dans les couilles du tortionnaire. Il tomba, plié en deux. Je l'ai saisi par le col et je l'ai traîné dehors. Ray, sa robe rouge luisant dans le soir, scrutait le paysage.

— Surveille-le. Il ne bouge pas d'un poil.

Ray s'assit dessus. Relevant un peu le tissu écarlate sur ses cuisses roses.

J'ai retraversé la grande salle de l'ancien restaurant et j'ai suivi Léonard. J'ai vaguement aperçu, au fond, Iris s'enfermer avec la fille dans une pièce carrelée. On a passé deux ou trois portes, longé quelques couloirs où un tas de foutoir s'amoncelait, et nous sommes arrivés, derrière le bâtiment, dans une sorte d'immense hangar.

Et là, je l'ai vu.

La vache.

Spinoza reprenait, tout d'un coup, une valeur ajoutée.

*

Iris est resté enfermée avec la fille meurtrie au moins trois heures. J'ai entendu de longs bruits d'eau et des mots chuchotés. Des cris et des sanglots, aussi.

Et puis elles sont sorties, avec morgue, tentant de ne regarder personne dans les yeux. J'ai observé la jeune fille qui était toute d'une rage contenue. Iris, elle, me fit un clin d'œil signifiant que ça irait. Comme ça pourrait. Que le mal était fait, serait toujours là, mais qu'il y avait suffisamment de motif pour continuer à avancer.

— Je vous présente Luna. La nouvelle Luna.

Alors, j'ai pris mon arme, l'ai donnée à l'animal blessé. Elle s'est avancée vers son tortionnaire, toujours prostré sous la lourde carcasse de notre pesant travelo. Ray, dans un bel effet de tissu, s'est relevé à toute vitesse, laissant par terre le condamné qui n'avait plus qu'à bouffer de la terre. Luna s'est penchée au-dessus de lui, en tremblant, lui collant le canon sur le haut du crâne. J'ai vu le doigt appuyer sur la détente. Là aussi, le temps s'est incurvé, infléchi, einsteinisé. Mais elle s'est redressée.

— Non. Il faut que ça s'arrête. Quelqu'un, quelque part, ne fait pas le geste attendu. Et ça change la face du monde.

Elle avait une petite voix frêle et nerveuse, des intonations de jeune corbeau.

— Une coupure épistémologique, j'ai dit finement.

— Si c'est toi qui le dis.

Elle m'a scruté.

— Je viens avec vous.

— Ce n'est pas si simple. On ne va pas vraiment dans le sens que tu viens de donner à ta vie.

— Ce n'était qu'un trouble passager.

— Notre avenir est ombreux et sent la poudre.

— Je peux vous aider.

— Qu'est-ce que tu sais faire ?

— Rien. Je suis pilote d'hélicoptère.

C'était donc ça. Dans le hangar, derrière, en voyant le Puma, j'avais immédiatement été plongé dans des photogrammes de vieux films où l'insecte noir et vrombissant était toujours synonyme de mort et d'impunité, de grand vent dans les oreilles et de chevauchée des Vaches qui Rient. Et puis, dans le même pincement de neurones, j'avais pensé qu'il serait dit que Spinoza pouvait avoir affaire avec l'air, avec cet élément qu'il n'avait jamais côtoyé. La terre, il connaissait, l'eau aussi, surtout les larmes, la sueur et le sang. Mais l'impalpable, non. Le zéphyr, non. L'espace entre les choses.

— Le truc, derrière, tu saurais le piloter ?

— C'est le mien. Ces salauds de footeurs de merde me l'ont confisqué il y a trois jours. Ils l'ont amené ici. Et m'ont bien fait comprendre que c'était eux qui tenaient le manche à balai. Trois jours.

Elle était en larmes.

Fallait que je fasse le chef.

Recevoir des ordres supprime l'angoisse, on disait ozarmées.

— On se casse. On se retrouve demain. Sur le rail. Au nord d'Orléans. Il y a une plate-forme. Ray ira avec toi. Léo, tu prends l'Aprilia. Allez on grouille.

On a attaché le violeur dehors, écartelé avec du fil électrique, le dos à un poteau. Il ne disait toujours rien, ne prononçait aucun mot et passait son temps à regarder ses godasses. Je lui ai relevé la tête du bout de mes bottes de lézard mauve.

— Écoute-moi bien, espèce de mâle. Quelqu'un finira bien par venir te délivrer.

J'espère que ce sera quelqu'un qui en profitera, de te voir ligoté. Tu raconteras ce que tu voudras. Mais si tu sens que cette personne est plus intelligente que d'habitude, tu lui dis simplement : l'Éthique est passée par là... Et après, tu te démerdes... Deviens homo, c'est un conseil de famille.

Il a levé la tête. Il ne comprenait pas tous ces mots différents mis ensemble.

J'ai avancé l'une de mes bottes près de sa bouche.

— Lèche.

Il m'a regardé en frissonnant.

— Lèche ou je te sèche.

Il a sorti sa langue avec application.

J'ai ressenti à nouveau le plaisir de la course.

On a chargé dans la Fuego deux mitrailleuses rouillées et un bazooka. Dix mètres de rubans de grosses balles luisantes comme le rire de Zapata.

*

Sur la route déjà nocturne, on roulait à petite vitesse, phares derrière phares, minuscule luciole, ver luisant à peine. Comme sur la piste Ho Chi Minh. Tout à coup, venant de derrière nous dans un crépitement de sauterelle d'acier, l'hélicoptère nous a frôlés en hurlant. J'ai pensé à *Zabriskie Point*. La rencontre de la terre et de l'air. Avec Daria Halprin, la plus belle femme du monde.

Nous avons vu longtemps ses lumières, devant. Et puis plus rien. Que la nuit sur le monde. Comme si les projecteurs s'étaient éteints sur le stade universel.

*

Au petit matin, nous longions, frileux, le rail que l'on voyait, sur notre droite, rayer de gris les champs plats. On avait mis beaucoup de temps à éviter Orléans, ville que des bandes monarchistes tenaient depuis le début de l'entropie relative, comme si elles étaient au chaud dans l'Histoire. Comme si elles avaient voulu se faire assiéger de nouveau. Tout autour du centre-ville, on avait vu, de loin, des mouvements de faible troupe. Les ex-rappeurs du PosseKop des Aubrais se préparaient sans doute à une escarmouche de plus. Et ça devait être comme au Moyen Âge. Des attaques bien convenues. Prévisibles, difficilement repoussées, mais repoussées quand même, avec, pour unique résultat, du cadavre et du cadavre. Cadavéré. Ce petit coin de France attendait sans doute une Jeanne hypothétique. Pour l'instant, ils ne pouvaient compter que sur des analyses mal digérées de Gilles de Rais. Et ces deux-là, aujourd'hui, pour quelle équipe de foute se seraient-ils battus, le Charles VII Football Club ? L'Olympique de Dieu ? L'Association Sportive des Voix ?

Tout à coup, au loin, l'ancienne plate-forme de l'aérotrain, en plein désert de terre labourée. Avec l'hélico posé dessus comme une grosse mouche. Luna avait réussi. J'avais craint un moment que, dans son immense désespoir, elle se soit crashée volontairement sur un pylône ou sur une cathédrale ou une médiathèque ou une merde comme ça.

On pourrait, là, établir une sorte de camp de base. Le vieil aérotrain, brûlé et démembré, était bien resté tapi dans cette honte industrielle de nombreuses années en attendant qu'on vienne le foutre à la poubelle. Ray avait quelques amis rockenrolliens déphasés dans les parages. Des hommes encore affables qui pensaient que Little Bob valait bien un Dieu quelconque, n'importe lequel. On allait pouvoir préparer notre quête. S'entraîner. Trouver des munitions. De l'âme.

Luna restait le plus souvent muette, se rapprochant d'Iris quand ça n'allait pas et que des images reprenaient corps dans sa rétine maculée à jamais. Mais sinon, à quelques regards furtifs, à quelques élans vite avortés, j'ai senti qu'elle était contente d'être là, dans une sorte de famille aux bizarres enfants.

Nous nous sommes installés. Plusieurs nuits se profilaient. Campement de fortune. Léonard et Iris dans la Fuego, sous la plate-forme. Moi et Luna dans l'hélico. Ray commençant la garde. Et après on changeait. De là où on était, on verrait obligatoirement l'ennemi de loin. Quelques trains noirâtres passaient de temps en temps, avec des passagers uniformes à bord. La milice. L'armée en reconstruction. Allant vers le Sud où ça chauffe toujours plus. Que voyaient-ils ? Peut-être rien. Ou alors, sur un voile improbable de béton, une masse informe ressemblant vaguement à un insecte de métal. Pas de quoi arrêter un train programmé pour aller refroidir les ardeurs mystico-guerrières de centaines de trublions livrés à eux-mêmes dans des villes qui ont toujours senti la cordite.

Le premier jour, Ray est parti. Le soir, il a ramené de l'essence et du kérosène, mais il semblait bredouille...

La première nuit, on a entendu des corbeaux.

Le deuxième jour, je suis monté dans l'hélicoptère.

La seconde nuit, j'en ai rêvé.

Le troisième jour, Ray est revenu avec une information capitale.

La troisième nuit, Luna a fait un cauchemar. Ses dents grinçaient.

Le quatrième jour, Ray a eu la confirmation tant attendue.

La quatrième nuit, Luna a pleuré. Et s'est réfugiée dans mes bras. Je l'ai bercée comme si c'était ma petite fille. Elle s'est rendormie. C'est vrai que, vingt ans après, je pouvais décemment tenir un autre rôle, celui du père. Ce rôle essentiel à toute la littérature du vingtième siècle, celui générateur de tant de mots, de textes, d'histoires, de suicides larvés, de vies anorexiques. Et c'était si évident que c'en était facile. C'était aussi facile de bercer une jeune fille meurtrie que d'écrire le chef-d'œuvre des chefs-d'œuvre. Sage leçon. Du moins l'évidente preuve que peu d'hommes savent bercer.

Le cinquième jour, au matin, je les ai quittés, sur le bord de la plate-forme. L'Aprilia ronronnait.

— Reviens, Julius, promets-le.

— Laissez-moi deux jours. Je reviendrai. Puisque le Guzzi reste là. C'est un gage.

— Sans toi, le Foute vaincrait.

— Nous sommes cinq, ils sont deux millions, ils sont mal barrés.

— Vive l'Éthique.

— Vive l'Éthique, j'ai répondu. Mais installez quand même les mitrailleuses sur l'hélico, ça aidera.

SYNTAGME – SYNECDOQUE
PARADIGME – CATACHRÈSE
2 À 0

L'Homme n'est rien d'autre que la série de ses actes.

Hegel

... le foot rend hyper super con...

Malebranche

Insensé, l'île Saint-Louis avait l'air d'un immense bateau rafistolé genre coche d'eau. Les murs de la plupart des maisons donnant sur les quais avaient été repeints, surtout de blanc, mais aussi de couleurs irrémédiablement électriques, surtout du jaune safran. Les toits sous lesquels, pendant des siècles, s'étaient abrités des bourgeois putrides aux goûts caverneux, s'ornaient à présent d'oriflammes ondulants, immenses et transparents, barrés d'un H énorme. Les rues, bouchées par d'hétéroclites et d'homoclites amoncellements d'objets métalliques et de bagnoles soudées les unes aux autres, avaient disparu derrière ces palissades de métal. Le soleil mordoré du matin ocrisait à peine les murs pour la plupart recouverts de graffitis et d'absurdes bas-reliefs. De l'autre côté de la Seine, de la Scène j'aurais pu dire, je voyais quelques néo-hégéliens perchés sur leurs barricades de fortune. Mais pas beaucoup. L'endroit semblait presque déserté. De là où j'étais, tout cela semblait imprenable. Les ponts, absents, écroulés, tranchés à la dynamite, blessures pierreuses. Saint Louis faisait désormais du bateau à voile. Au bout de l'île, du côté de l'ancien pont de Sully, une passerelle branlante, genre pont de singe, reliait les restes éboulés d'une ancienne arche au repaire flottant d'Hegel. Force était de me dire qu'il avait passé la vitesse supérieure, depuis que je l'avais coincé, sur le pont du Gard. C'était à présent une véritable petite armée habitant un galion immobile. Le vent, gonflant les drapeaux, les draps, les oriflammes accrochés partout, transformait vaguement l'île en navire dément, en barque fantôme. Il y avait, le long des rives, deux grosses embarcations de fortune, très basses sur l'eau, larges. Des barges, aussi barges que les barges qu'elles transportaient. Du Vermeer moderne. Du Breughel contemporain. L'esthétique s'arrêtait à ça. J'étais soudainement très tranquille. Hegel, le premier, était mort, je le savais, j'avais vu son dernier souffle s'envoler, nauséabond, sur fond de garrigue. Celui qui avait pris sa place, repris le dérisoire flambeau, était un sous-Hegel, ce qui est difficile à imaginer. Un clone. Des gènes en moins. Une photocopie pas nette. Il avait beau montrer les dents, tout l'attirail, l'image quasi virtuelle d'une armée inexpugnable, il n'était qu'un èxe.

— Bordel, c'est beau, dit un type accoudé à côté de moi. Un type percé. Impossible de dénombrer les anneaux qui pendaient sur toutes les excroissances de son visage.

— C'est beau, mais c'est quand même moins beau qu'une Rolls-Royce...

— Une quoi ?

— Un truc imaginé pour entourer une petite statue de Charles Sykes.

Bon d'accord. Le mec me scrutait et qu'est-ce qu'il pouvait voir ? Un grand mec de cinquante ans, avec les cheveux tressés, habillé de toile beige, des basquettes aux pieds. J'avais laissé au camp tout ce qui pouvait attirer l'œil de l'hégélien stupidement revanchard, du pauvre d'esprit. Alors qu'est-ce qu'il voyait, le type ?

— Charles qui ? Il joue dans quelle équipe ?

— Allez, chauffe, dégage.

En ouvrant un peu mon imper de toile, je lui ai montré la crosse nacrée de mon .357 Gadda.

Il n'a pas demandé son reste. Je suis parti derrière lui, lentement, en direction du bout de l'île. Il marchait à petits pas cauteleux et c'était une image un peu crasseuse, un peu comme dans les anciens films, avec tous ces types frileux qui sortent de prison au petit matin et qui s'en vont, frôlant les Hauts Murs. L'annelé crut que je le suivais. Il s'est mis à courir, a traversé le quai et sauté les grilles d'un square miteux. Encore un qui, dans quelques minutes, chercherait à se venger et donc à faire souffrir.

Je me suis approché du pont de singe, celui qui menait dans la gueule du loup blanc. Sûr de moi. Personne ne pouvait me reconnaître. Les bottes de lézard mauve étaient sagement posées sur un rail de béton, cent kilomètres plus au sud. L'Aprilia était rangée sous un porche dans une rue du Marais. Un cul-de-jatte veillait sur elle, fusil à la main. Ça m'avait coûté le fusil. Mon visage, personne ne l'avait vu depuis plus de vingt ans. Le vent ambré de l'océan Indien l'avait cuivré. Avec ma tresse dans le dos, je pouvais passer pour un növo-aztèque ou un cabocle supporter du Botafogo.

Peu de voitures passaient, le rationnement de l'essence.

Pas loin du pont, il y avait une escouade de types en joggers, capuches rabattues sur le crâne, écharpes, pantalons trop larges, fusils à pompe à la main. Prêts à tout moment à grimper dans deux béhèmes qui ronronnaient, portières ouvertes.

Trop tard pour les éviter. Je me suis approché, nonchalant, ne mettant aucune hésitation dans ma démarche, ne me sentant pas visé, ignorant la peur. Mais fallait faire gaffe. Je n'avais pas fait tout ce chemin pour me faire aligner bêtement par des kakous en goguette, têtes brûlées au point de venir asticoter les dialectiques à moins de cent mètres. Parce que ce que j'avais vu du pays ne me donnait plus confiance en rien, en personne. La banlieue parisienne quasiment abandonnée, des cités transformées en forteresses imprenables, des quartiers devenus ghettos intraversables, des boulevards déserts servant sans doute de champs de bataille. Le Parc de Bercy écroulé de l'intérieur, comme enfoncé par le pas lourd d'un géant. La Très Grande Bibliothèque éventrée par de nombreux impacts d'obus. Des excavations fumeuses, s'envolaient, par brassées, des centaines de pages de livres en feu, comme des vols de pigeons incandescents. La gare de Lyon, dont j'avais vite compris qu'elle était la place forte d'un kop braillard, le Kro/Kop, grâce à un immense drapeau frappé du 1664 mythique. La fac de Jussieu, naturel château-fort, que j'avais évitée à cause des tirs sporadiques venant des plates-formes et des arbres, tout près du jardin des Plantes, dont, sans doute, les bêtes sauvages hantaient les abords. J'aurais pourtant bien été voir ce qu'avait bien pu devenir le vieil orang-outang. Peut-être avait-il rejoint son frère, celui qui, en face, dans l'île, se prenait pour Hegel.

En attendant, il fallait que je me farcisse les loulous. Je suis arrivé tout près d'eux, ils n'avaient pas bougé d'un poil, l'air nonchalant et vaguement rigolo-dédaigneux.

— T'es pour qui, toi ? m'a demandé l'un des mecs.

— Moi ?

— Ouais, toi.

— Je suis pour qui m'veut.

— Change de ton, charogne.

— Change de mots, passéiste.

Il a tiqué. Avant que l'électricité venant de son cerveau coule le long de ses muscles pour aller vers la main et lever le fusil, mon imper s'était ouvert, laissant apparaître la crosse de mon pistolet. Du coup, l'électricité repartit en sens inverse pour regagner à toute berzingue le cervelet. Les autres ne bougeaient pas, ne semblaient pas faire attention, comme s'ils n'avaient rien entendu. Mais ils portaient en eux le dédain distancié des crotales.

— T'allais dans cette porcherie ?

— Je me demandais plutôt comment faire pour y aller.

— T'es pour qui ?

Il commençait à me fatiguer. Mais fallait dialoguer. Parler fait reculer l'irréparable. Toujours. Parler toujours.

— J'ai le choix entre qui et qui ?

— Tu te fous de ma gueule ?

— Je ne comprends pas la question.

— Dimanche. T'es pour qui ?

Ça y était. À tous les coups le foute. Un match. Va savoir qui jouait. Une chance sur mille de deviner. Et même. Après, une chance sur deux de me gourer. J'ai montré l'île.

— Eux, ils sont pour qui ?

— Pour le FNFC.

— Alors, je suis pour les autres.

Le mec se demandait toujours si c'était de l'art ou du torchon. Mais au même moment éclatèrent du côté du navire immobile de furieux coups de trompe. Des oliphants. Ou des éléphants, va savoir. Les loulous s'agitèrent et s'engouffrèrent à toute vitesse dans leurs voitures. Le mec, en démarrant, me traita d'enculé. Et en avant.

Les deux voitures n'avaient pas encore disparu, au bout du quai, que déjà cinq types déboulaient du pont de singe, armés jusqu'aux dents. Ils tirèrent une rafale de kalache en direction des béhèmes, mais pour la forme. De rage.

L'un d'entre eux m'inspecta de plus près.

— Explique-moi pourquoi ils ne t'ont pas bousillé.

— Je ne sais pas. C'était qui ?

Il me regarda comme un alien de merde, un mauvais sourire aux lèvres.

— C'est pas vrai... Qu'est-ce que tu fous là ?

— Je suis en mission. J'accomplis mon destin religieux.

Le mec se marra, aussi brutalement qu'il m'avait parlé.

— Eh les mecs, un moine. Et tu viens d'où ?

— De La Roche-sur-Yon.

— Et c'est où, ça, La Roche-sur-Yon ?

— Au milieu des terres, quatre cents, cinq cents kilomètres. En stop.

Là, dans le regard du mec, c'était carrément *X-Files*. J'en avais marre de me faire questionner par tous ces flics en puissance. Supprimez les flics et y'en a dix millions qui se croient permis de les remplacer.

— C'est pas humain.

— Et pourtant.

— Cinq cents kilomètres pour voir le match ?

— Quel match ?

Là, dans le regard du mec, c'était carrément l'expression d'un type qui voit pour la première fois une toile de Mozerhouaile.

— Quel match ? j'ai repris.

— Qu'est-ce que tu veux, pauvre con ?

J'ai pris la gueule du type obligé de refaire, pour la centième fois, son curriculome vité.

— Dans ma ville, il y a un homme. Une pythie. Dont les prédictions se réalisent toujours. On vient le voir de l'Europe entière. Il est petit, il a le front dégarni, il a un bras qui ne fonctionne plus depuis qu'il s'est endormi dessus pendant une semaine. Il a tué ses nerfs. Cet homme boit beaucoup et, quand l'alcool a tué ce qui lui reste de conscience, il lit l'avenir.

— Il t'a donné le résultat du match ?

— Non, il m'a dit ceci : sous peu, tu iras à Paris, et, sur un grand navire immobile, tu rencontreras un grand homme aux cheveux jaunes dont le nom évoque deux fois le tabernacle de la pensée occidentale. Dès que tu le verras, tu le reconnaîtras. Alors tu t'agenouilleras devant sa grandeur et tu lui donneras le message d'Abel Gazbar.

Là, le mec s'était ressaisi. Une imperceptible roideur s'était emparée de ses membres.

— C'est quoi, ce message ?

— Vous n'êtes pas ce grand homme aux cheveux jaunes.

Dans la tête du sbire, c'était une pauvreté de neurones qui devait décider si je pouvais entrer dans le saint des saints, dans l'antre, dans l'immense terrier de la Bête.

Plus loin, derrière le pont branlant, trois types en blanc sont sortis de l'île en parlant fort. Ils tenaient un mec qui ne se débattait même pas. Arrivés au milieu du pont, ils le jetèrent dans le fleuve. J'ai regardé les flots boueux où le type s'est mis à nager sous les quolibets des maîtres-nageurs.

— Suis-moi, débile.

La tête du nageur a disparu au milieu de l'étronique courant.

Nous avons traversé le pont
parcouru quelques rues désertes
encombrées de carcasses de voitures défoncées
une grande saleté
une décharge flottante
l'âpre odeur de la pourriture
des braseros
j'ai vu des automitrailleuses garées
à la queue leu leu
l'église sur la gauche
une horloge sans chiffres.
Un vrai mauvais trip d'acide,
comme dans le temps.
On m'a fait attendre dans la rue
les hégéliens ne me regardaient même pas
une bonne heure, debout, immobile
un canon de kalache planté dans le dos
une heure à me dire
la gueule du grand méchant loup
t'es fou, t'es vraiment fou,
la gueule nauséabonde du loup blanc
mais c'était maudire le loup
cette pauvre bête
que de le comparer à Hegel

c'était peut-être moi le loup
perdu au milieu des chiens
ou dans la bergerie
on verra bien.

Ils sont ensuite venus me chercher. Deux types nerveux. Ils m'ont fait entrer dans l'église. Dans la nef enfumée, il y avait du monde, une trentaine de personnes dont une bonne moitié étaient vêtues de blanc. Des longs drapeaux tout aussi clairs pendaient sous la voûte, tous frappés d'un H noir et baveux. Ces esthétiques employaient de mauvais pinceaux. Sur une estrade, il y avait une sorte d'immense canapé rouge sang, sur lequel était assis un grand homme aux cheveux jaunes. Au-dessus, un énorme portrait photocopié de Georg Wilhelm Friedrich Hegel, avec des petites bougies vacillantes à sa base. Comme un putain d'autel. Et, de chaque côté de l'estrade, les autres hommes, alignés, parlant entre eux, certains de dos. Pas de femme. L'impression d'être dans un vieux livre d'Histoire. J'ai senti tout de suite que ces crétins me refaisaient le coup de Jeanne d'Arc. De me sentir tout à coup pucelle m'a redonné courage. Mon camp de base, où se reposaient mes maigres lieutenants, était dressé dans la plaine de Patay, où Jeanne avait aplati l'ennemi, et là, on me refaisait le coup de Chinon. Le procès serait donc pour plus tard. Ça me laissait de beaux jours devant moi, des mois où il me serait possible de faire mentir ceux qui profèrent que tout est toujours recommençable et recommencé. Éviter la blessure, la trahison et le bûcher. En profiter d'avoir Gilles de Rais à mes côtés. Peut-être Luna. Elle en prendrait le chemin.

On m'a poussé, rudement, vers l'estrade.
J'ai regardé le faux roi
évité son regard fuyant
puis ai dévisagé les courtisans
beaucoup d'hommes en blanc
de nombreux cheveux jaunes
tous grands
et je l'ai vu
ses anciens traits
c'était incroyable
Hegel revisited
son fils, son clone, son plus jeune jumeau
on n'élimine pas si facilement cette engeance
elle s'était reproduite
comme une pauvre photocopie tramée.

Je me suis posté devant lui et j'ai mis un genou à terre. Un murmure résonna sous les voûtes de la nef. C'était totalement dingue, j'étais le seul, dans cette assemblée, qui avait de la distance. Tous les autres se la jouaient pré-Renaissance, haut Moyen Âge. Les lieux, sans doute. Mais aussi l'impression d'être forts. Je me suis donc méfié. Ce n'est pas parce que ces imbéciles jouaient à Alain Decaux qu'ils n'étaient pas dangereux.

— La Grande Pythie de Vendée, Abel Gazbar le Sage, m'a dit : « Sous peu, tu iras à Paris et, sur un grand navire immobile, tu rencontreras un grand homme aux cheveux jaunes dont le nom évoque deux fois le tabernacle de la pensée occidentale. Dès que tu le verras, tu le reconnaîtras. Alors tu t'agenouilleras devant sa grandeur et tu lui donneras le message d'Abel Gazbar... »

— C'est quoi ces conneries ?

— Il a dit aussi : « Tu lui diras que le Saint qu'il cherche sans fin se nomme Nazaire. Qu'il est dit que c'est là qu'il retrouvera pour la deuxième fois son Caïn et qu'il pourra infléchir une destinée par une fois déjà accomplie. Et qu'il pourra enfin trouver le repos. »

— Ça veut dire quoi, ces conneries ?

Énervé le mec. Mais je sentais que mes mots, cette prophétie à la con, avaient fait mouche, chiure de mouche sur la nappe déjà maculée de son mental. Il y croyait un peu, ce con.

— Je ne sais pas. Ce que je sais, c'est que

celui qui cache et ne répand pas la prédiction de la Pythie est promis à une fin rapide et infamante.

— T'as raison. Qui t'envoie ?

— Personne. Je fais simplement mon pèlerinage. Je porte ma croix.

— Pauvre fou. Qui est Abel ?

— Un homme, un poète. Qui, depuis l'enfance, n'est jamais sorti de son tonneau. Dans la vieille ville de La Roche-sur-Yon. Près de la statue de Napoléon.

De citer l'empereur à la graisse d'Ajaccio ne pouvait que le titiller, l'ancien Hegel, le vrai, n'avait que trop souffert de la bataille d'Iéna.

— Quel âge a cet enthymème ?

— Il est vieux, très vieux. L'âge d'un parchemin. Il a toujours vécu, je crois.

Hegel le Deuxième m'observa. J'ai su que le message était passé. Mais que, maintenant, mon sort était entre ses mains et ne pesait pas lourd.

— Eh bien, il ne vivra plus très longtemps. Je ne crois pas à ce genre de prescience. L'as-tu déjà entendu citer Spinoza ?

C'était bon. Sa tête était farcie. La farce remplacerait peu à peu tout le reste. Il ne penserait plus qu'à ça.

— Qui ?

— Laisse tomber, caricature. Foutu animiste. T'es pour qui, ce soir ?

— Je ne comprends pas.

— Le match, ce soir. T'es pour qui ?

— Je ne sais pas. Je n'y connais rien.

— Débarrassez-moi de cette merde.

Énervé, il alla jeter hors du grand canapé rouge celui qui, un court instant, avait pris sa place. Il parla à voix basse à l'un de ses lieutenants et se tourna vers sa troupe.

— À partir de demain, quel que soit le résultat, préparez le kop. On s'en va. On change de base. On laisse ici les sous-hommes. Au boulot. La victoire est proche.

Mes deux gardes me dirigèrent vers la sortie. L'air brillant et lumineux de Paris me fit cligner les yeux. Ils me poussèrent dans les rues, vers la Seine. J'avais droit au grand plongeon. Tout avait été d'une insolente facilité. J'avais mis le ver dans le fruit. J'en avais profité pour vérifier les forces ennemies. Une cinquantaine de types. Des armes en pagaille. Véhicules peu nombreux. Quelques Combis VW blancs, deux automitrailleuses. Nous n'étions que cinq, pour l'instant, mais nous avions l'initiative. Et l'intelligence de la tactique. Eux n'avaient qu'une grossière stratégie. Hegel le Deuxième était loin de valoir le Premier. Celui-ci aurait su immédiatement qui j'étais. Même sans mes bottes de lézard mauve. Même sans le Guzzi.

Je marchais, épaules voûtées, pas traînant. Les autres me poussaient nerveusement, les canons des deux armes ripaient souvent sur mes côtes, l'attention se relâchait, les cons, les pauvres cons. Ils marchaient eux-mêmes vers leur lieu de saint supplice. Bille en tête. Il n'y avait presque plus personne sur les fausses coursives de ce faux bateau. Ils tenaient l'île à cinquante à peine. Le kop, le vrai, ne devait compter qu'une vingtaine de membres aguerris. Les autres étaient des démunis du bulbe comme ceux qui m'accompagnaient. Et qui avaient oublié de me fouiller. Grave manquement à la logique, voire à la Phénoménologie de l'Esprit. De vrais phénomènes.

— Vous êtes pour qui, vous, ce soir ?

Ils se sont marrés.

— Pour le Red Star, connard. Les fachos vont s'en prendre plein la cage.

— Vous allez voir le match ?

— Tu sors d'où, toi ?

— Je sors du Tractatus Politicus : pourquoi les hommes combattent-ils pour leur servitude comme s'il s'agissait de leur liberté ? Pourquoi préfèrent-ils l'espoir, la sécurité, la crainte, ou toute autre passion triste, à la liberté et à la connaissance ?

Les deux crétins ne pouvaient pas répondre à ces deux questions fondamentalement spinozistes. Ils regardaient, l'œil rond et sec, le Gadda nickelé qui était apparu dans ma main comme par enchantement.

— Balancez vos armes à la flotte.

Les deux kalaches firent chacune un beau plat.

— Une balle dans le pied ou dans le genou ?

— Dans le pied, chuintèrent-ils.

— Décidément... Allez... Tournez-vous.

À tour de rôle, je les ai assommés. La tête dure des hégéliens. Le première fois depuis vingt ans que j'usais à nouveau de violence. J'avais mon passeport. J'étais revenu dans le vieux monde. J'ai repensé à l'Inde. J'ai su que j'y retournerais, une fois l'ontologie entrée dans le crâne socio-désirant de l'ennemi.

Je me suis jeté dans la Seine et j'ai traversé le fleuve à la nage, passant la Scène, sortant du côté cour, entrant du côté jardin, de la rive glauque à la rive noire. Trempé, j'ai couru vers l'Aprilia.

Le cul-de-jatte, tétanisé sous son porche, aurait préféré ne pas me revoir, il s'était habitué à la belle moto. Mais il avait donné sa parole et était fier de la respecter. Un monde.

Le vent de la course aurait le temps de me sécher avant Orléans.

Et puis mes vrais vêtements m'attendaient là-bas.

Mes bottes de lézard mauve.

SEURFONS SUR LE OUAIBE
http : //www.acdpd.footre.argh.com.
Click
ALLEZ VOUS FAIRE FOOT
Click

Pauvres vieux et jeunes hégéliens, en rupture avec le formalisme de la logique traditionnelle,

Pauvres tenants de l'unité d'origine entre le sujet et l'objet,

Allez vous faire mettre un gogol dans le filet.

Apprenez,

Pauvres apprentis de la défense de zone,

que les structures de la pensée ne sont pas aussi celles de la réalité,

et allez vous cogner le définitif penalty.

Sachez une bonne fois pour toutes

que l'être véritable, le concept, celui qui se ressource lui-même dans sa propre intériorité, essentielle et réflexive,

est un niais,
un niais hégélien,
et qu'il peut se casser la jambe.
ALLEZ VOUS FAIRE FOOT
pleased to meet you
hope you guess my name
but what's puzzling you
is just the nature of my game
GOGOALS ! KOPULEZ SANS
CRAINTE !
VOUS ÊTES IMPUISSANTS !

PARADIGME – CATACHRÈSE 5 À 0

Agir en primitif et prévoir en stratège.
R. Char

... si ça ne rend pas con, le foot, prouvez-le...
L. Wittgenstein

– Où c'est que tu as eu ça ?

GWFH2 tenait le fax entre ses doigts tremblants de rage. Derrière lui, le Parc des Princes bruissait. Le Red Star/Croissant Jaune menait contre les fafs du FNFC, par un à zéro. Les lumières du stade éclairaient un peu le monde du dehors, suffisamment pour que l'on aperçoive, le long des entrées, la foule noire et compacte des miliciens et des orgas. Et suffisamment aussi pour que l'on remarque la dizaine de cadavres sur le terre-plein, en direction d'Auteuil. Le kop hégélien s'était resserré autour des Combis VW blancs. Les hommes étaient en sueur, et deux, parmi eux, assis sur les marchepieds, saignaient abondamment.

— C'était sur le site, NOTRE site.

— Bordel. Il touche au Père, bordel. Spino.

L'homme aux cheveux jaunes n'était pas content. Non seulement il avait l'impression que Spinoza était auprès de lui, épiait ses moindres gestes, le suivait, et il n'aimait pas ça, lui tourner le dos, en plus, le baston du soir s'était assez mal déroulé, le Kop des fachos n'était pas venu et c'était la dérisoire bande des Bouillon Klub qui avait pris sa place. Et ce qui aurait dû être un entraînement de première division avait été simplement un tour de piste de division d'honneur. Il avait quand même deux amochés et trois mecs sur le carreau. Les Klubeux avaient un lance-flammes. Faut toujours se méfier des skinkops.

— Y'avait ça aussi.

Le sbire tendit à son chef une image, tramée, noirâtre, quasiment indéfinissable. Une photo d'une énorme bâtisse alvéolée, les pieds dans l'eau, béton rectiligne, bunker géant.

GWFH2 la regarda longtemps.

— C'est quoi, cette merde inesthétique ?

— On s'est renseignés.

— Crache.

— C'est une ancienne base sous-marine. À Saint-Nazaire. Sur l'Atlantique.

— Saint-Nazaire... Pourquoi ça ne m'étonne pas, Saint-Nazaire ?...

La piétaille observait son dieu réfléchir puissamment, agiter ses synapses dans tous les sens, faire la part des choses, chercher l'illumination, le concept de base.

— Bordel. Le mec, l'autre jour. Le crétin qui est venu avec son oracle à la noix.

— Il est mort.

— Vérifie. Dans ce qu'il a dit, il y avait la mention de Nazaire. C'était un messager. Un spinoziste.

— On s'est fait baiser.

— TU t'es fait baiser, pauvre buse.

Et le sbire se prit une violente claque dans la gueule.

— Allez, on se replie. On rentre et on repart. Ça commence à bien faire.

Les membres du kop s'engouffrèrent dans les Combis. L'un des deux blessés resta sur le macadam. Trop abîmé. Inutile pour ce qui se préparait. Les moteurs rugirent, les quatre voitures se mirent en file indienne, allumèrent leurs phares. Sur le toit de la première d'entre elles, un drapeau blanc frappé du H maudit se déplia. Mais elles ne démarrèrent pas. Plus loin, au débouché du boulevard, une petite armée de motos barrait le passage, sortie de nulle part, de la nuit, du néant. Quelques hommes vêtus de cuir et de jeans descendirent de leurs engins et se déplièrent en arc de cercle. GWFH2 reconnut immédiatement les Harley mythiques du Hellskop. Pourtant les Angels ne sortaient que rarement de leur repaire dégueulasse de la rue de Crimée. Ils préféraient remâcher leur machisme à huis clos, baver sur les japonaises, et se branler sur des cuivres à peine plus nickelés que dans un film de Kenneth Anger. D'un autre point de vue, plus positif, ils avaient formé un rempart efficace contre les agités hitléro-hystériques qu'ils détestaient tout autant que les allumés de la Nation Métisse, à laquelle ils ne se frottaient pas, car ils reconnaissaient en elle un puissant amour de la Meule. Qu'est-ce qu'ils venaient faire là, loin de leur réserve de pseudo-apaches ? GWFH2 sentit à distance le parfum âpre et un peu honteux de la négociation.

Il vit l'un des Angels sortir du groupe et s'avancer, mains vides bien en vue. Au-dessus, les spectateurs esclavagisés du Parc hurlaient sans discontinuer. Et va savoir qui avait marqué. Les membres de la milice s'étaient regroupés, encore plus serrés, dans les escaliers, la présence des motards similicaliforniaux en imposait encore, le syndrome d'Altamont était toujours vivace.

— Va voir ce que veut ce piston à pattes.

Un sbire néo-hégélien sortit à contrecœur du Combi de tête, et s'avança à pas comptés vers le baillekeur isolé. Ils se rejoignirent à peu près au milieu de l'esplanade, à trois mètres d'un cadavre encore fumant.

— Où il est Hégueule, assole ? demanda *ex abrupto* l'Ange de l'Enfer.

— Il est partout. Dans les textes. Dans l'Histoire.

— Arrête de me faire chier avec tes trucs de tante, où il est Hégueule, on a à causer, entre hommes. Causer seulement, tu lui dis, magne ton p'tit cul. T'as qu'à lui parler de Saint-Nazaire, tu vas voir, il va venir.

*

En effet, il est venu. Étrange cette rencontre nocturne entre deux oiseaux de proie si dissemblables. Le grand blond avec une combinaison blanche et le gros sombre en cuir clouté.

— Julius Puech est à Saint-Nazaire, croassa le motard.

— Je sais.

— Il semble t'y attendre

— Je sais.

— Arrête de dire je sais, t'es pas avec tes mignons, espèce de trou-du-cul, j'te parle, j't'aime pas mais je préférerais encore partager une beude avec toi qu'avec cet empaffé de Spino, alors arrête de déconner, pour moi, t'es qu'un kopeux de plus, on a le même ennemi, c'est marre, ça suffit pour y aller ensemble, à Saint-Naze, merde.

— Je peux me le faire tout seul, j'ai pas besoin de tes horribles.

— Y'a vingt ans, on a vu le résultat.

— Y'a vingt ans, on pressait ton pif et il en sortait du cambouis. Y'a vingt ans, l'idéologie, pour toi, se résumait aux centimètres cubes. La tête dans le guidon.

— Vaut mieux avoir la tête dans le guidon que dans l'erreur.

GWFH2 détailla son contradicteur. Comment penser un seul instant que l'ontologie pouvait un jour transpercer l'épaisseur de tout ce cuir ? Miction impossible. Mais il fut impressionné par le calme de l'Ange de l'Enfer. Stratégiquement, c'était un allié de poids.

Dont il faudrait ensuite se défaire. Simple stratégie. Il se refusa à penser à Machiavel. Que Spinoza admirait.

— J'accepte ton offre. Mais pas de mélange.

— Ça risque pas.

— Ensemble mais chacun de son côté.

— Pas de problème.

— Et après ?

— J'te laisse le corps. Je veux les bottes de lézard mauve. Pour les accrocher à ma selle. C'est mieux qu'un scalp.

— Une question.

— Une seule. Moi les baveux...

— Pourquoi tant de haine ?

— Parce que Spino roule en Guzzi. On n'aime pas les copieurs. Ni les pédés d'ailleurs.

Au-dessus d'eux, le Stade éclata. La clameur. Un autre but. La rumeur du Monde réduite à ça. Le fracas de la guerre résumé aux aboiements de spectateurs éviscérés de la tête. Belle image de la modernité. Même Orwell n'avait pas pensé à ça.

— T'es pour qui ? demanda GWFH2 en hochant la tête vers les gradins.

— Le Red Star. Faut pas déconner.

— Très bien. Rendez-vous à Saint-Nazaire.

Les deux hommes reculèrent en s'observant et, cinquante mètres plus loin, se tournèrent le dos. Ils cavalèrent chacun vers leur condotta respective. Les Combis VW blancs attendirent que les Harley déblaient le terrain. Ce qu'elles firent dans un luminescent nuage de fumée bleue. Alors le Hegelkop quitta les alentours du Parc des Princes.

SYNTAGME – SYNECDOQUE 6 À 0

Nous travaillons ensemble pour quelque chose qui nous réunit au-delà des blasphèmes et des prières. Cela seul est important.

A. Camus

Le foot rend fou.

A. Keelt

On a quitté le rail.

Dure décision. Six êtres en marche pour venger Holderlin de sa curieuse amitié avec Hegel. Six êtres soudés. Le mental en marche. Ray avait passé son temps à écumer et laminer ses anciens potes de la région. Il était regonflé à bloc, à tel point qu'il semblait avoir pris encore du poids et de la masse. Ses robes semblaient des jupes, et impossible de le confondre avec un quelconque Écossais. Il nous avait ramené un vieux pote à lui, qui vouait un culte absurde à Pete Brown & Piblokto et qui était à Dennis Hopper ce que Christopher Walken était à Depardieu. Qui se nommait Van, un beau nom, à la fois asiatique et flamand, à la fois bagnole et tramontane. Et que j'avais gardé sous mon aile noire, une fois qu'il m'avait récité un très beau poème de l'éternel Biga,

Parfois je vais
comme un immense sourire lumineux
transparent invisible
— et tout ce que je vois alors
c'est moi-même :
vu de l'intérieur
Éveille-toi ! éveille-toi ! revêts ta force

Léo et Iris osmosaient à fond.

Et la frêle Luna s'était remise à parler. À moi. La nuit. Blottie près de ce corps qui avait tout oublié de la peau des autres et qui ne gardait en lui que les effluves un peu métalliques de ses amants d'antan. Elle me racontait, en boucle, la façon dont Iris l'avait « nettoyée ». Beau récit. Qui valait bien toute la littérature, ces textes amorphes qui n'arrivaient même plus à recouvrir les rayonnages des bibliothèques de convention. La nuit dernière, elle s'était enfin endormie, la main lovée autour de mon ancien sexe.

En fait, on était sept. Il y avait Germaine.

C'était mieux qu'il ait un nom. Hélicoptère était un nom trop difficile à dissocier de coléoptère. On entrait dans un temps où il fallait à tout prix supprimer la métaphore. Alors assez du gros insecte, des ailes du scarabée et autres facéties comparatives. C'était maintenant Germaine. On lui avait fixé les deux mitrailleuses H/Brock de 150 de chaque côté de la carlingue et le bazooka, dessous, près des patins. Le plein était fait, les rotors huilés. Des géricanes pleins de kérosène attachés à l'arrière de l'habitacle. Germaine avait belle allure, elle avait un vague air néerlandais, quoi qu'on fasse. Comme une machine à polir les verres de lunettes. Elle avait quelque chose de la pensée et de l'étendue, un esprit qui était la modification de la première et un corps qui était la modification de la seconde. Toutefois, à l'illusion de sa finalité se superposait l'illusion de sa liberté dans la mesure où la conscience n'est jamais que l'état de servitude native de l'homme qui, ignorant les causes réelles, en invente d'imaginaires. Germaine était totalement, je m'en apercevais maintenant, une tentative spino-thalamique antifoot.

Luna et Van s'occupèrent d'elle. Pendant que nous avancions, Guzzi et Fuego, sur les petites routes encore verdoyantes de l'Anjou, ils surveillaient, de haut, les possibilités de barrage, les concentrations d'hommes qui auraient pu nous nuire. Comme ça, notre progression fut lente, sinueuse, mais inexorable. Longeant la Loire, sur la rive gauche, nous avons évité Nantes et sa Beaujoire, arène illuminée, parcourue de spasmes fouteux, nous avons pu admirer la belle architecture infernale de Donges, raffinerie géante protégée en permanence par une petite armée, car, même dans le bordel le plus noir, les seuls endroits où régnait encore la Loi étaient ceux qui produisaient de l'essence, la preuve que *Mad Max 2*, ce n'était pas que des conneries. Nous n'avons pas pris le grand pont du Mindin, pour la bonne raison qu'il en manquait, au milieu, un large bout. Couper les ponts restait toujours une attitude serbo-symbolique. Nous nous sommes installés du côté de Saint-Brévin, une petite bourgade qui avait tout perdu, ses habitants, ses pins et sa douceur. Ne subsistaient que des lotissements vides, vidés, évidés. De l'autre côté de l'estuaire, la ville basse et hérissée de poutrelles de Saint-Nazaire, berceau de l'anarcho-syndicalisme, cité martyre, phœnix incessant, qui, sous peu, connaîtrait des soubresauts l'installant encore plus fermement dans l'Histoire. L'endroit où, si tout allait bien, le sixième naze, Hegel, camperait, aux alentours de l'imposante base sous-marine, près de tout ce béton ressemblant à celui qu'il a dans la tête.

Et alors on allait voir ce qu'on allait voir.

SEURFONS SUR LE OUAIBE
http : //www.acdpd. zobi. arg/com
Click
DRIBBLES, MENISKS ET TIBIAS/1ÈRE INTERNATIONALE OULIGANE/KOUPE DES KOPS/
PENO *Clicker*
Click
PENO
page 1/huitième semaine/also available on perso e-Mail : Kop-Erative @ Go-Goal Remember Ben Barek.

GOAL ! GOAL ! GOAL ! GOAL ! GOAL ! GOAL ! GOAL !

Grande est la vie du Stade ! Les Princes en ont tremblé dans leur Parc. Le Red Star/Croissant jaune, gloire en leur défense de zone, ont niqué à fond le Foot National Faf Club par trois patates à zéro ! Zéro, la honte ! Saint

Heysel, saint Furiani, veillez sur nous ! Les nuques rasées enfoncées par les dreadlocks magiques ! La France franco-française ridiculisée par la Clandestine Grandeur ! Que les Cent Papiers refleurissent partout ! Barbès, capitale du jeu, du beau jeu ! FNFC GONZESSES *!*

Mauvaise soirée pour les fafiottes ! Le Bouillon Klub s'est fait ramasser par l'Hegelkop (clicker sur Koupe des Kops)

VIVE LE RED STAR
IL EST VRAIMENT PHÉNOMÉNAL
IL MÉRITERAIT D'ÊTRE DANS L'JOURNAL
DANS LE JOURNAL DE CLAIRE CHAZAL !

GOAL ! GOAL ! GOAL ! GOAL ! GOAL ! GOAL ! GOAL ! VIVE LE FOOT SUR LE OUAIBE !

VIVE LA 8/6 !

SYNTAGME – SYNECDOQUE PARADIGME – CATACHRÈSE 2 À 0

Suis-moi, et laisse les morts ensevelir leurs morts.

Matthieu

Le foot rend super dingue.
Maine de Biran

GWFH2 n'entra pas dans Saint-Nazaire comme dans du beurre. L'affaire fut assez malaisée. Les Hellskop étaient là depuis deux jours et morflaient grave. Ils n'avaient pas prévu, ces huileux, une soudaine mobilisation sur place de deux kops improvisés et imprévisibles, le Ras le Kop et le Skalpkop, qui avaient décidé de ne pas laisser s'installer sur leurs plates-bandes des gens qui n'avaient jamais brillé par leur humanisme. La bataille avait fait rage, les Angels avaient laissé quelques bécanes sur le carreau sans parvenir à franchir un mur puissant et aveuglant de cocktails Ménopov.

Alors GWFH2 et ses quinze néojeunes hégéliens triés sur le volet s'étaient vite repliés dans la base sous-marine, avaient abandonné les Combis dans les immenses niches du dessous, et avaient occupé fissa le toit, encore strié des protections antibombes, labyrinthe de béton froid, d'où, en rigolant, ils pouvaient suivre l'absurde combat qui se déroulait trente mètres en dessous.

Trois heures après, son frère, Hégueuldeux, grand et sale sous sa tignasse de cheveux rouges, arriva directement de Nîmes, avec dix membres acérés de son kop. Les deux frangins s'étreignirent, évoquèrent le Père, se racontèrent leurs incessantes victoires sur l'adversité.

Et, maintenant, GWFH2 et Hégueuldeux admiraient, du haut de leur perchoir guerrier, le courage des membres embiérés du Hellskop et la science collective des allumés de Ras le Kop. Mais toute cette violence ne débouchait que sur un inexorable match nul. Ils ragèrent de ne pas avoir les mains totalement libres pour attendre Julius et ses morts-vivants, pourtant ils se félicitèrent de l'obligation d'avoir investi ce château fort imprenable d'où ils pouvaient vérifier l'avance de l'ennemi. En bas, c'était dégagé, large, éclairé par de curieuses lumières de couleurs différentes accrochées aux grues du port. Spino aurait du mal à venir par la terre. De l'autre côté, le bassin du port était encombré de carcasses de cargos coulés et éventrés. Spino aurait du mal à approcher par la mer. Quoi qu'il en soit, il aurait du mal. Il se ferait arroser. Et cette mauvaise herbe ne pousserait plus. Éradiquée à jamais.

Les membres blanchâtres du Hegelkop avaient monté le matos par des échelles de fer branlantes, armes, munitions, vivres, matériel divers. Parés pour deux semaines au bas mot. Silencieux, tendus au départ, les néo-hégéliens furent vite rassurés par l'impondérable robustesse de leur réserve. Dans leurs veines coula la joie créée par l'assurance. Le long de leurs nerfs circula le plaisir de la victoire prochaine. Tout était maintenant facile, net, clair. Ils s'installèrent le long du toit et s'amusèrent à compter les points. Avec des mégaphones, ils donnaient des renseignements précieux à leurs alliés occasionnels et, ainsi, permirent aux paranoïaques de la Harley de résister aux assauts rageurs des éclaireurs du Skalpkop. Les hasards du baston avaient découpé les territoires et, au nord, la voie était maintenant libre. C'est par là qu'arriverait obligatoirement Julius. Et il viendrait, c'était sûr, mouche à merde attirée par l'aveuglante lumière de Georg Wilhelm Friedrich le Grand-Père. C'était ce que pensait le Fils. Le Saint-Esprit, lui, était absent depuis longtemps. Et les Fils, les yeux collés à leurs paires de jumelles, balayaient le paysage, scrutaient le nocturne des recoins, remontaient le long des rues et des avenues, palmiers poussiéreux et quelquefois tranchés à vif, voitures ouvertes, en panne, privées de pneus, garées dans tous les sens. Ils remarquèrent une vieille Twingo bleu nuit faire des va-et-vient hésitants le long du champ de bataille. Mais pas de Guzzi. GWFH2 et Hégueuldeux ne voyaient pas Julius se promener dans une déplorable Renault. Pas de Guzzi. Mais, bientôt, elle viendrait, elle apparaîtrait, glissant le long d'une avenue, et alors, le soleil éclairerait à nouveau le Monde, la psychanalyse de sang et de tripes toucherait à sa fin, la vengeance s'accomplirait.

D'autant plus qu'ils savaient avoir au moins un point commun avec Julius. Un point noir. Un comédon de pensée. La haine du foot. Comme lui, ils n'étaient pas loin de penser que ce sport de dégénérés du bulbe était le pire marigot dans lequel le corps social pouvait être plongé. La bêtise à l'état de pureté du diamant. Ce baby-foot virtuel, un peu grec, où des dieux invisibles sont aux manettes et s'énervent comme des porcs. Le fait d'être coincé. Dans un stade, et qui sait combien l'idée de stade est néfaste. Comme celle de vélodrome. Il est, dans l'Histoire, des événements suffisamment graves pour éliminer radicalement le suivi existentiel de ce genre de lieux. Mais non. Vingt-deux abrutis, sélectionnés qui plus est, s'y rencontrent, suffisamment si peu sûrs d'eux-mêmes qu'ils s'entourent de remplaçants pour pallier leurs béances, et d'arbitres pour éviter les fautes. L'autopunition généralisée. Car ils passent leur temps à fauter. Des handicapés fautifs. Qui n'ont pas droit de mettre la main. Qui pensent avec leurs pieds. Qui courent en s'arrachant leurs maillots, hurlant d'indicible et impossible joie hautaine quand ils ont simplement réussi à balancer une baballe dans un filet, une cage. Et qui ne vivent qu'à la teneur des cris de bête de milliers d'esclaves venus les applaudir ou les conspuer. Quolibets, crachats, insultes, canettes de bière, rouleaux de papier-cul, chants idiots, déguisements grotesques, écharpes même en été, fumigènes, pétards, trompes et klacsons, kops fascistes, chacun de son côté, barrières, tout ça. Pas vraiment la brigade du rire. La guerre des clochers et le classement des buteurs. Le classement des buteurs, les nouvelles tables de la Loi. L'Aventure incessante de la Raison. Le nouveau visage de l'Épistémê.

Et de savoir que, sans doute, Julius pensait à peu près la même chose, les énervait. Ça la leur faisait bouillir. Avoir un point commun avec cette raclure... Mais bientôt ils seraient seuls à penser ça. Alors la vie serait différente, difficile, mais différente. Seuls contre tous serait jouissif, plus besoin de négocier, de faire des alliances, l'ennemi est partout, c'est plus simple et pratique.

GWFH2 et Hégueuldeux, jumeaux tragiques, grimpèrent sur une rampe de vieux béton, ah ça, les Allemands savaient le faire, le béton, du compressé armé, du vrai, de l'indestructible, parvinrent sur une sorte de casemate et regardèrent, au loin, la mer toujours et encore mélangée avec le ciel. Et ils s'étirèrent, levèrent les bras vers les nuées et hurlèrent leur joie dialectique.

*

Je les voyais. La lunette astro était d'une grande qualité, des lentilles aux petits oignons. Je les voyais, comme des christs sans croix, les bras écartés, tétanisés devant un grand ciel gris.

Ils étaient donc deux. Mais ce n'était pas un double problème, tant ils semblaient ne faire qu'un. Des jumeaux. Un malheur n'arrive jamais seul. J'aurais simplement à répéter le geste fatal deux fois. C'était une bonne nouvelle.

Derrière eux, on apercevait de petites colonnes de fumée, l'arrivée du Kop dans la ville avait dû poser quelques problèmes aux chefaillons locaux. Comme je l'avais vaguement prévu, ils avaient pris la base comme terrain de jeu, se croyant ainsi invincibles, protégés, grandioses. Je pensais qu'ils faisaient une grossière erreur, une erreur typiquement de type hégélien : l'être, c'était eux, l'essence, c'était ma fin annoncée, le concept, c'était leur similiforteresse. Ils allaient voir de quel bois serait fait leur bûcher.

Nous étions fin prêts. Nos nerfs étaient aiguisés. Nos corps embaumés. Quant à notre mental, quant aux structures internes et intimes de notre pensée, comment dire autrement qu'elles étaient à fond spinozisées.

Germaine vrombissait même silencieusement
Ray s'allumait à la méthédrine
Van relisait James Joyce
Léo et Iris se mélangeaient, chaotiques, chaotiques,
Et Luna
Luna
Mon satellite sélène
qui, depuis trois nuits, me fait voir
l'autre côté des choses et du monde
celui des femmes
que je ne connaissais pas.
Et quand je suis en elle
je suis en Inde
c'est la mousson
et la présence secrète du cobra royal.

Tout est prêt. Nous avons trouvé un petit bateau de pêche qui transportera, à l'heure dite, le Guzzi de l'autre côté de l'Estuaire.

Les civelles verront passer au-dessus d'elles un des symboles de la juste modernité. Ça vaut le coup de nager depuis les Sargasses pour vivre un tel moment. Ça entrera dans leurs gènes, ça leur modifiera le tropisme. Moi, je ne sais pas trop quoi je remonte. Le fleuve du temps, peut-être. Pourtant, ce n'était pas un loupingue en arrière, ce n'était pas le Pont-du-Gard le-Retour. Même si vingt ans avaient passé, deux cent quarante mois de mauvaise graisse, mille quarante semaines d'immobilité totale, sept mille trois cents jours où rien n'avait passablement avancé. J'avais vaguement l'impression du contraire. Les choses s'étaient aggravées. C'est tout. Et donc, pour Hegel, ça s'aggraverait encore. Ce crétin ne s'en apercevait même pas, il ne se relisait pas et ne pouvait donc pas savoir que ce qui n'était pas viable il y a longtemps, ne le serait pas plus maintenant. Hegel n'avait qu'à devenir civelle. Ça n'allait pas tarder. D'ailleurs.

J'ai baissé ma lunette. Ils m'énervaient, les deux autres, dans leur délire panthéiste. Ne seraient jamais que deux minables Atlas. Luna est venue à côté de moi, j'ai senti sa présence sans même la voir. Une odeur, un peu d'air chaud, une rafale lointaine de mistral. Ses neurones faisaient un crépitement de cigales.

— Qu'est-ce que tu vois ?

— Je ne vois rien. Il y a du monde, de l'autre côté, et en même temps, c'est vide.

— Alors pourquoi tant de précautions, de munitions, de résolution ?

— Parce que j'ai le vertige. Je l'ai depuis que je t'ai vue.

— Je ne voudrais pas te démunir.
— Tu me redonnes de la force.
— Le côté obscur de la force.
— Si tu veux.

Elle s'est collée à mon dos, reposant sa joue entre mes omoplates, faisant corps avec moi. J'étais double, j'avais huit pattes et deux têtes, deux cœurs et suffisamment de reins pour boire ma destinée jusqu'à la lie.

— On y va.
— *Hasta la victoria siempre*.
— Tu l'as dit, petite fille.
— Je ne suis pas une petite fille.

SEURFONS SUR LE OUAIBE
http : //www. acdpd. footre. argh. fr/com
Click
TAKLE INTERNATIONAL/KOUPE DES KOPS/
PENO/KLASSEMENT DES BUTEURS *Clicker*
Click

KLASSEMENT DES BUTEURS
GOAL ! GOAL ! GOAL ! GOAL ! GOAL !
GOAL ! GOAL !

Gloire et honneur à Saint-Just Fontaine, partout et toujours !

Le dernier tour de la Koupe a remis les kouilles en place. Gloire à tous ceux qui savent qu'il n'y a qu'un chemin vers l'éternité, la kage adverse ! Honneur à ceux qui massakrent les défenses pour monter au filet ! Le foutreballeur n'a qu'un but ! Les Rouge et Or des Chômeurs Éternels du Foutre Klub de Lens ont

Dieu parmi eux ! Bollaert Paradis ! Wotan Piezescxki a encore marqué ! Le Koup du chapeau. Trois d'un koup ! L'ex-bouffeur de goulash repasse en tête avec 18 buts, et brûle au poteau l'inopérant Amedeo Catapulti de l'Ouvroir Grandiose Calcif de Nice qui pédale, cette gonzesse, avec 15 buts seulement. Allez Amedeo, bouge ton kul ! Quant aux autres pédés qui ont moins de 10 buts, on les oublie !
GOAL ! GOAL ! GOAL ! GOAL ! GOAL ! GOAL ! GOAL !

Gloire et honneur à Saint-Just Fontaine, partout et toujours !
GOAL !

SYNTAGME – SYNECDOQUE PARADIGME – CATACHRÈSE TIRS AU BUT

Je m'en vais chercher un grand peut-être.
Rabelais

Le foot, antichambre de l'asile.
Malebranche

Sous la base, dans les rues tristes et lacrymogénisées de Saint-Nazaire, ça s'était calmé. Le Hellskop campait sur ses positions et Ras le Kop sur les siennes. Quelques escouades de Skalkopistes traînaient encore çà et là, mais il y avait dans l'air l'odeur douceâtre du statu quo.

Sur la base, en revanche, c'était l'attente. Hégueuldeux veillait du côté ville et GWFH2 du côté port. Tout était prêt. Les néo-hégéliens, alignés tout au long de la base, couchés comme des snipers, armes en main, attendaient l'ennemi en silence. Le fait qu'il ne soit pas encore là augmentait de plus en plus la prochaine possibilité de son arrivée. C'était tout Hegel, ce genre d'intuition. De temps en temps, les plus énervés insultaient, du haut de leur imprenable rempart, des Angels dont ils apercevaient les cuirs cloutés. Aux noms d'oiseaux primitifs répondaient des considérations sur la basse libido. Mais ce n'était que de la propédeutique. Chacun des membres des deux kops planqués savait qu'avec leur vrai ennemi, leur réel opposé, les vannes virtuelles ne suffiraient pas. Il n'y aurait pas beaucoup d'occasions d'en balancer.

Le ciel était d'un bleu électrique. Il faisait même un peu froid. Sur la base, on s'était mis à carburer au schnaps et tout autour au Ouaïd Turkè. Et sans bromure, seule différence avec les vieilles guerres de tranchées. Les Jumeaux Blancs avaient sorti leurs lignes blanches. Du nez au cortex, la coque avait fait son chemin réfrigérant. Les nerfs étaient comme en queue de singe.

Tous étaient persuadés que ce serait ce matin-là. Comme un matin qui suivrait un grand soir. C'était dans l'air. Dans l'air du temps. Et la nature s'était tue, elle aussi retenait vaguement son ample respiration.

GWFH2, énervé comme un acarien, scrutait tous les recoins du port et du quai d'en face à l'aide de ses tremblantes jumelles. Mais la petite base, de l'autre côté du bassin, était aussi déserte que les quais et l'enfilade des hangars. Le manque absolu d'âme ne lui disait rien de bon. D'apparemment vivant, il n'y avait qu'un petit chalutier bleu qui tournait et zigzaguait dans le bassin comme s'il était dans le détroit de Messine à la poursuite obstinée d'un espadon.

Et puis, tout à coup, il vit. Et ce fut comme si l'ange lui était apparu pour lui annoncer une sorte d'immenculée conception. Il cadrait parfaitement, sur le bout d'un quai, se détachant sur les flots gris de l'estuaire, un Guzzi vert et solitaire, béquillé, brillant. Ses yeux zigzaguèrent de tous côtés mais ne purent isoler l'être honni. Pourtant il était là, quelque part. Le cheval de l'Apocalypse était bien arrivé, lui.

Il vit aussi, du coin de l'œil, son frère courir vers lui, venant de l'autre côté de la base.

— Y'a une bagnole qui s'est arrêtée, sur la route, assez loin, une Fuego, noire, avec des flammes rouges. Une femme au volant, genre gitane, de loin.

— C'est pas ça. Une curieuse sans doute.

Spino déteste les femmes. Les Hells s'en occuperont. Mais regarde-moi ça...

Il lui tendit les jumelles. Hégueuldeux se figea sous le spectacle.

— Julius.

— Je ne comprends pas. Il serait seul ?

— Seul ou pas, il est venu.

— C'est nous qui sommes venus. Il nous attendait. Je n'aime pas ça.

GWFH2 reprit les jumelles et reprit son balayage.

— Ça y est, cracha-t-il d'une voix de fausset. Je l'ai.

Sur le toit de la petite base d'en face, une silhouette lui faisait face. Malgré la distance, il pouvait voir le long manteau de cuir, l'écharpe violette, la tache plus claire des bottes. Spinoza se tenait droit et, derrière lui, il y avait l'estuaire, et, au loin, la côte plate de Vendée. Julius ne bougeait pas, il les observait, et même, à quatre cents mètres, on sentait son regard. Hégueuldeux, à son tour, sentit la pénétrance.

— Qu'est-ce qu'il fout ?

— Je ne sais pas. Il nous nargue. Il veut qu'on aille le chercher.

— J'envoie des hommes ?

— C'est un piège grossier.

— Et si je vais avec eux ?

— Surtout pas.

GWFH2 ramassa son fusil-mitrailleur et balança une rafale en direction de la silhouette. De petits éclats blancs constellèrent le ciment, à dix mètres de Julius, qui, alors, disparut.

— Ça y est. Alerte générale. Fonce de l'autre côté.

Hégueuldeux courut, courbé comme s'il risquait une balle perdue. Au nord de la base, il ne se passait rien. La Fuego était toujours là, isolée, vide, garée le long d'un immense tas de poutrelles abandonnées, sous une grue qui ressemblait à un immense squelette scoliosé.

— Les barbus y vont, lui annonça un de ses hommes.

En effet, une dizaine d'Angels rampaient vers la bagnole. La fille avait disparu. L'un des baillekeurs tira un coup de fusil sur la voiture qui tressauta sous le choc des chevrotines. Mais rien de plus. Alors les cloutés se relevèrent, sortirent des cachettes qui les avaient cachés et se regroupèrent, méfiants, autour de la Fuego. L'un d'eux ouvrit la portière avant et leva les bras, signe d'un danger disparu. De loin, on les entendit même rire grassement. De soulagement. Pour se moquer de leur fausse angoisse.

Alors la voiture explosa. Du haut de la base, des cheveux voletèrent tant le souffle fut puissant. Les poutrelles d'acier rouillé partirent dans tous les sens, innombrables flèches hachant tout sur leur trajectoire. La grue, au-dessus, déséquilibrée, tomba lentement en travers, coupant la rue, obstruant le passage.

Quand la poussière retomba, on put voir les corps démembrés et disloqués des Angels, posés çà et là par la grande baffe de feu. La moitié du Hellskop bousillée d'un coup. Hégueuldeux comprit tout à coup que la réputation de Julius ne se parait pas que de présupposés mythiques. Et qu'il était plus prudent de rester en haut près du ciel. Il envoya un de ses hommes prévenir son frère du carnage.

*

J'ai entendu l'explosion. J'ai vu, au-dessus du repaire des hégéliens, la grue tomber au ralenti. Pauvre Fuego. Je l'aimais bien, cette tire. Mais elle avait fait son usage. Au sens vrai du terme. Usage contre échange. Ray avait entamé son parcours de combattant. Les cent kilos de dynamite, c'était une idée à lui, il les avait négociés sur un chantier de Pornic.

Il avait prévu que ça serait son plus beau riff. Du pur Les Paul. Version deux millions de ouates. Il n'avait maintenant plus qu'à attendre Van et alors ils reviendraient à la nage, par le fond du bassin. Leur mission serait terminée. Rendez-vous, à la nuit tombée, aux Chantiers maritimes, près de la grande cale.

Le sang éthique recoulait dans mes veines. C'était bon. C'était beau. Mes bottes de lézard mauve me serrent les chevilles.

*

Van était arrivé lentement par le bassin, sur le petit bateau de pêche bleu. Virant et virevoltant sur l'eau quasi croupie du port à flot, il s'était petit à petit approché de la base et des trois travées ouvertes de part en part. Dans l'une d'elles, il y avait les cinq Combis blancs du Hegelkop.

*

Un souffle puissant, des flammes orangées, beaucoup de poussière, et une explosion assourdie par les dix mètres de voile de béton compressé de la base. Mais Hégueuldeux comprit tout de suite. Les bagnoles avaient cramé, en dessous. Bordel. Il appela son frère qui ne voulut pas venir, rivé à ses jumelles, fixant le Guzzi immobile et luisant.

— Mais on est coincés. Ils ont fait sauter les VW.

— On s'en fout. On repartira sur les meules du Hellskop. Tiens, à propos de barbus, qu'est-ce qu'ils foutent, en dessous, ils n'ont même pas été foutus de repérer les deux ou trois zombis qui jouent avec la dynamite. Tu parles de nuls. Dis-leur de se magner de les éliminer.

— On est coincés sur la base.

— On n'est pas coincés. Nous sommes imprenables. Il va venir. Il va mourir.

Mais, même dans ces paroles conquérantes, le moindre témoin aurait pu déceler une inquiétude d'ordre ontologique. Spinoza restait invisible et demeurait opérant. GWFH2 se mettait à douter. Un comble.

*

J'ai aperçu la silhouette de Van glisser le long de la base, dans l'eau, et partir en nageant se réfugier derrière la carcasse d'un cargo amarré un peu plus loin, près de la zone à soja. Tout fonctionnait comme prévu. La tactique payait toujours face à la stratégie. Les néo-hégéliens attendaient une attaque en masse et n'avaient pas prévu les dégâts provoqués par des tireurs isolés. On savait pourtant depuis longtemps qu'un simple sniper peut être plus emmerdant qu'une attaque frontale d'une entière division. Ils n'étaient pas d'ailleurs au bout de leurs peines. Le meilleur, le plus extraordinaire était à venir.

*

Les deux jumeaux tragiques épiaient. Depuis l'anéantissement des Combis, un calme olympien avait recouvert les lieux du drame. Les Hells, le Skalkop et la petite armée hégélienne avaient été tétanisés par la soudaine violence de l'attaque, par l'impondérable de sa réussite. Tous étaient figés dans l'attente, comme dans du lait caillé.

Et puis, dans le rond un peu piqué des jumelles, GWFH2 et Hégueuldeux revirent leur proie. Julius avait réapparu près de son Guzzi. Leurs nerfs s'électrifièrent. Ils ne purent le quitter des yeux. Un grand silence s'installa sur le monde. Tous les combattants avaient senti osmotiquement que c'était le moment.

Derrière Spinoza, on voyait l'horizontalité de l'estuaire.

Et un petit point noir
s'en venant grossissant

un point noir un peu plus gros
et, dans le profond silence,
quelques sons lointains,
et puis de la musique,
et le point noir de plus en plus gros,
les hégéliens se regroupèrent
comme attirés
comme des lucioles s'avançant vers la lumière
la musique de plus en plus nette
forte
menaçante
précise
et alors ils comprirent que c'était un hélicoptère
ils reconnurent la musique
Sympathy for the Devil
I rode a tank
held a general's rank
when the blitzkrieg raged
and the bodies stank
Tétanisés, les hégéliens ne bougèrent plus
épinglés, papillons,
scotchés à leur pauvre existence
I watched with glee
while you kings and queens
fought for ten decades
for the gods they made

et le gros insecte avançait, rasant l'eau
frôlant la silhouette immobile de Spinoza
ses longs cheveux voletèrent
so let me please introduce myself
I'm a man of wealth and taste
and I lay traps for troubadours
who get killed before they reach Bombay
et alors l'enfer
Germaine fut sur eux avant que les hégéliens ne réagissent. Les deux mitrailleuses crachèrent, le bazooka fusa, et quand elle dépassa en ronflant le bord nord de la base, il y avait une dizaine de morts sur le béton. Pendant que l'hélico tournoyait brutalement pour revenir sur sa trajectoire, ce fut la panique. Le Hegelkop démembré se dispersa et les assiégés se planquèrent dans le labyrinthe de béton.

En bas, les Hells, médusés, étaient sortis de leur cachette pour croire à ce qu'ils voyaient et certains d'entre eux se firent allumer par des tireurs de Ras le Kop, qui, eux, avaient gardé un peu de flegme.

Germaine revint.
just as ev'ry cop is a criminal
and all the sinners saints
as head is tail just call me Lucifer
cause I'm in need of some restraint

Une vague chaude de napalm lécha le toit de la base et des hégéliens sautèrent en feu dans le bassin. Le carton total. Rouge. GWFH2, planqué derrière la rambarde de la casemate, regardait toujours Julius, de l'autre côté, immobile comme un épouvantail. Il vit aussi, du coin de l'œil, son frangin Hégueul-deux péter les plombs, courir à découvert, hurlant des imprécations dialectiques, une ka-lache à la main, et tirer en direction de l'hé-lico.

À bord, Luna repéra les cheveux rouges, manœuvra l'appareil, fit un signe discret à Iris qui mit une charge dans le bazooka. Elle ap-puya sur le bouton de commande, une traînée blanche, une flamme jaune et Hégueuldeux s'éparpilla, plus bas, en dahlia rouge sombre.

Le cœur de GWFH2 s'arrêta deux secon-des, une partie de lui-même avait subitement disparu, et puis il réagit et s'enfonça dans le labyrinthe de béton.

Germaine refit trois passages rasants et fu-rieux, décimant un peu plus les troupes blan-ches rendues folles par ce feu venu du ciel. Les quelques survivants s'aplatirent dans des petites salles de béton et décidèrent, mains sur les oreilles, de ne jamais plus bouger de leur vie.

so if you meet me have some courtesy
have some sympathy and some taste
use all your well learned politesse
or I'll lay your soul to waste

Et l'hélicoptère disparut en direction des Chantiers, plus à l'est.

Saint-Nazaire morne plaine. Et pas de Stendhal pour décrire la douleur, les tripes, le feu, le sang versé. Les néo-hégéliens avaient passé leurs abattis à gauche. Les Hells ne bougeaient pas, ils regardaient deux autres de leurs motos aplaties par des balles perdues. Pour un peu, ils se seraient mis à pleurer. Le silence était revenu, aussi tonitruant que le vacarme auparavant descendu du ciel.

On sentit un petit vent, venant du large, qui, de son iode, avait décidé de chasser les effluves plus guerriers.

*

GWFH2 avait dégringolé, sauté et nagé, lui aussi, il avait fait le grand tour du bassin, le long pistolet noir de son frangin enveloppé dans une pochette plastique. Il s'était fait oublier. Il voulait Julius et il l'aurait, il le sentait, il le savait, ça ne pouvait pas être autrement. Après, il penserait peut-être au suicide. Il ne voyait pas comment il pourrait se passer de son frère. En attendant, fiévreux, il allait vers Spinoza car il savait que, d'une seule balle, il pouvait transformer la défaite en victoire. L'Histoire le voulait ainsi et ça ne pouvait pas être autrement.

Il zona assez longtemps, contournant des hangars, traversant des maisons et des bars abandonnés. Il allait vers là où le Guzzi reposait. Julius ne supporterait pas que l'on touche à son engin. Et alors, il l'aurait devant lui, et alors Spino mourrait pour la seconde fois. Enfin.

Il vit la moto verte, à peine penchée sur sa béquille, obscène dans sa lumineuse propreté. Il attendit longtemps. Rien ne bougeait dans les parages. Les cachettes possibles étaient loin de l'engin. Si Julius voulait garder sa meule, il devrait donc obligatoirement sortir.

Alors il respira un grand coup, évoqua les mânes du Père et courut vers le Guzzi, son arme à la main. Aucune détonation ne le cueillit en plein vol. Il enfourcha la moto, les bras tendus devant lui, balayant de la mire tout le paysage. Mais rien ne se passa. Julius ne se montra pas. Peut-être qu'il s'était enfui. Peut-être qu'il avait mûri et qu'il s'était dit que ce n'était qu'un moteur et des roues. Il se sentit floué. Son ennemi était déjà loin, sur son insecte volant. Mais lui aussi, Georg Wilhelm Friedrich Hegel Deux, était vivant et, tant qu'il était vivant, Spino attendrait sa mort.

Repartir. Poursuivre. Rattraper.

Il mit le contact.

Le Guzzi explosa.

*

J'ai entendu la lointaine déflagration.

C'était fini. Hegel avait failli.

La FAS était devant moi, hilare. C'en était presque irréel, obscène. L'hélicoptère fumait légèrement. Ray et Van, trempés, frissonnaient dans le petit vent. Léonard et Iris se tenaient serrés l'un contre l'autre, épuisés, lumineux. Luna me regardait, intense.

Ray se marra.

— J'ai eu chaud. J'ai rien compris. En repartant, je me suis fait coincer par deux Hells. Je ne les avais pas vus. J'ai cru que c'était fini. J'ai pensé à vous tous. Et puis il y a une vieille Twingo qui a déboulé et un mec, au volant, les a allumés au fusil de chasse. Et puis il est sorti de sa caisse, m'a serré la main en me disant : « Tu salueras Julius. De la part de Gabriel. » Tu le connais ?

— Non, j'ai répondu.

— Lui, il avait l'air de bien te connaître.
— Possible.

*

La terre du Foot n'avait plus besoin de nous. Elle pouvait continuer à se faire laminer les fondements jusqu'à épuisement total de la réaction épidermique.

Nous sommes tous repartis vers le rail. Un dernier voyage avec Germaine. Ensuite nous avons eu du mal à nous quitter. Mais Ray et Van sont repartis en résistance. Le Rock and Roll parviendrait bien à gagner la bataille. Ils avaient avoué qu'ils s'étaient bien marrés, mais qu'ils préféraient tenir des manches de gratte.

Léonard et Iris décidèrent d'aller chercher ailleurs les raisons de leur vie commune. Ils commenceraient par l'Islande, froid et feu, glacier et volcan.

Quant à Luna, elle m'a pris la main
on verrait bien
pas d'idée préconçue.

SEURFONS SUR LE OUAIBE
http : //www.acdpd.footre.argh.fr/com
Click
KOUPE DES KOPS/INTERNATIONALE OULIGAN/
PENO/NEKRO *Clicker*
Click
Also available on Perso e-Mail : footons-leur la paix @ Kop I Right, Go-Goal Remember Vignal

NEKRO

HEGEL EST ÉLIMINÉ.

DU MÊME AUTEUR

Aux Éditions Gallimard

Dans la collection « Folio Policier »

RN 86 (n° 5)
L'HOMME À L'OREILLE CROQUÉE (n° 25)
LA BELLE DE FONTENAY (n° 76)
SPINOZA ENCULE HEGEL (n° 127)

Dans la collection « Série Noire »

NOUS AVONS BRÛLÉ UNE SAINTE (n° 1968)
SUZANNE ET LES RINGARDS (n° 2013)
LA PÊCHE AUX ANGES (n° 2042)
LA CLEF DES MENSONGES (n° 2161)
LE CINÉMA DE PAPA (n° 2199)
LARCHMÜTZ 5632 (n° 2532)

Chez d'autres éditeurs

CINQ NAZES (L'Atalante)
LE BIENHEUREUX (L'Atalante)
LA CHASSE AU TATOU DANS LA PAMPA ARGENTINE (Canaille/Baleine)
PALMIERS ET CROCODILES (Clo)
SPINOZA ENCULE HEGEL ET À SEC ! (Canaille/Baleine)
LA VIE DURAILLE, Avec Daniel Pennac et Patrick Raynal
LA PETITE ÉCUYÈRE A CAFTÉ (La Poulpe, Baleine)
54 × 13, LE TOUR DE FRANCE (L'Atalante)
LE JOUR DE L'URUBU (La Loupiote)
CENDRES CHAUDES (Le Ricochet)

PARUTIONS FOLIO POLICIER

1.	Maurice G. Dantec	*La sirène rouge*
2.	Thierry Jonquet	*Les orpailleurs*
3.	Tonino Benacquista	*La maldonne des sleepings*
4.	Jean-Patrick Manchette	*La position du tireur couché*
5.	Jean-Bernard Pouy	*RN 86*
6.	Alix de Saint-André	*L'ange et le réservoir de liquide à freins*
7.	Stephen Humphrey Bogart	*Play it again*
8.	William Coughlin	*Vices de forme*
9.	Björn Larsson	*Le Cercle celtique*
10.	John Sandford	*Froid dans le dos*
11.	Marc Behm	*Mortelle randonnée*
12.	Tonino Benacquista	*La commedia des ratés*
13.	Raymond Chandler	*Le grand sommeil*
14.	Jerome Charyn	*Marilyn la Dingue*
15.	Didier Daeninckx	*Meurtres pour mémoire*
16.	David Goodis	*La pêche aux avaros*
17.	Dashiell Hammett	*La clé de verre*
18.	Tony Hillerman	*Le peuple de l'ombre*
19.	Chester Himes	*Imbroglio negro*
20.	Sébastien Japrisot	*L'été meurtrier*
21.	Sébastien Japrisot	*Le passager de la pluie*
22.	Pierre Magnan	*Le commissaire dans la truffière*
23.	Jean-Patrick Manchette	*Le petit bleu de la côte Ouest*
24.	Horace McCoy	*Un linceul n'a pas de poches*
25.	Jean-Bernard Pouy	*L'homme à l'oreille croquée*
26.	Jim Thompson	*1 275 âmes*
27.	Don Tracy	*La bête qui sommeille*
28.	Jean Vautrin	*Billy-ze-Kick*

29.	Donald E. Westlake	*L'assassin de papa*
30.	Charles Williams	*Vivement dimanche!*
31.	Stephen Dobyns	*Un chien dans la soupe*
32.	Donald Goines	*Ne mourez jamais seul*
33.	Frédéric H. Fajardie	*Sous le regard des élégantes*
34.	Didier Daeninckx	*Mort au premier tour*
35.	Raymond Chandler	*Fais pas ta rosière*
36.	Harry Crews	*Body*
37.	David Goodis	*Sans espoir de retour*
38.	Dashiell Hammett	*La moisson rouge*
39.	Chester Himes	*Ne nous énervons pas!*
40.	William Irish	*L'heure blafarde*
41.	Boileau-Narcejac	*Maléfices*
42.	Didier Daeninckx	*Le bourreau et son double*
43.	Sébastien Japrisot	*La dame dans l'auto avec des lunettes et un fusil*
44.	Jean-Patrick Manchette	*Fatale*
45.	Georges Simenon	*Le locataire*
46.	Georges Simenon	*Les demoiselles de Concarneau*
47.	Jean Amila	*Noces de soufre*
48.	Walter Kempley	*L'ordinateur des pompes funèbres*
49.	Tonino Benacquista	*Trois carrés rouges sur fond noir*
50.	Dashiell Hammett	*Le faucon de Malte*
51.	Hervé Jaouen	*Connemara Queen*
52.	Thierry Jonquet	*Mygale*
53.	Auguste Le Breton	*Du rififi chez les hommes*
54.	Georges Simenon	*Le suspect*
55.	Emmanuel Errer	*Descente en torche*
56.	Francisco Gonzáles Ledesma	*La dame de Cachemire*
57.	Raymond Chandler	*Charades pour écroulés*
58.	Robin Cook	*Le soleil qui s'éteint*
59.	Didier Daeninckx	*Le der des ders*
60.	Didier Daeninckx	*La mort n'oublie personne*
61.	Georges Simenon	*L'assassin*
62.	Howard Fast (E.V. Cunningham)	*Tu peux crever!*
63.	Maurice G. Dantec	*Les racines du mal*
64.	René Barjavel	*La peau de César*
65.	Didier Daeninckx	*Lumière noire*

66. Chester Himes — *La reine des pommes*
67. Sébastien Japrisot — *Compartiments tueurs*
68. James Crumley — *La danse de l'ours*
69. Marc Villard — *La porte de derrière*
70. Boileau-Narcejac — *Sueurs froides*
71. Didier Daeninckx — *Le géant inachevé*
72. Chester Himes — *Tout pour plaire*
73. Sébastien Japrisot — *Piège pour Cendrillon*
74. Pierre Magnan — *Les charbonniers de la mort*
75. Jean-Patrick Manchette — *L'affaire N'Gustro*
76. Jean-Bernard Pouy — *La belle de Fontenay*
77. A.C. Weisbecker — *Cosmix Banditos*
78. Raymond Chandler — *La grande fenêtre*
79. Pierre Magnan — *Les courriers de la mort*
80. Harry Crews — *La malédiction du gitan*
81. Michael Guinzburg — *Envoie-moi au ciel, Scotty*
82. Boileau-Narcejac — *Le bonsaï*
83. W.R. Burnett — *Quand la ville dort*
84. Didier Daeninckx — *Un château en Bohême*
85. Didier Daeninckx — *Le facteur fatal*
86. Didier Daeninckx — *Métropolice*
87. Pierre Magnan — *La maison assassinée*
88. Pierre Magnan — *Le mystère de Séraphin*
89. Jean-Patrick Manchette — *Morgue pleine*
90. Georges Simenon — *Les inconnus dans la maison*
91. Stephen Humphrey Bogart — *Le remake*
92. Mark McShane — *Les écorchés*
93. Boileau-Narcejac — *Terminus*
94. Jérôme Charyn — *Les filles de Maria*

Composition Nord Compo.
Impression Société Nouvelle Firmin-Didot
à Mesnil-sur-l'Estrée, le 28 janvier 2000.
Dépôt légal : janvier 2000.
Numéro d'imprimeur : 49453.

ISBN 2-07-040961-9/Imprimé en France.

90586